뜻밖의 좋은 일

뜻밖의
좋은

일

●
●
●

책에서
배우는
삶의 기술

*
정혜윤
지음

창비

차례

서문

표지 그림에 대한 이야기로 시작해보고 싶다. 나는 이 그림을 2016년 빠리의 오르세 미술관 특별전시회에서 발견했다. 그림의 제목은 '홍수'였다. 그린 사람은 샤를 글레르(Charles Gleyre)다. 1806년에 태어나 1874년에 사망한 것으로 기록되어 있다.

이 그림을 처음 발견한 것은 내가 아니라 빠리 근교에 살던 내 친구였다. 친구는 미술관 전시회 정보를 검색하다가 이 그림을 봤다. 그리고 이렇게 생각했다. '그녀가 보면 틀림없이 좋아하겠군.' 그다음에 친구는 '같이 가봐야겠다. 얼마나 기뻐할까?'라고 생각하지는 않았다. 대신 이렇게 생각했다. '비밀로 해야겠어. 전시회에 가자고 하면 귀찮을 거야.' 그러나 오랫동안 비밀로 하지는 못했다. 내 친구가 나 몰래 좋은 것을 숨겨두고 있을 것이라고 한치의 의심도 하지 않는 나의 천진함이 그의 양심을 찌른 것으로 보인다.

비틀스의 노래에 나올 법한 블랙버드가 하늘로 날아오르던 어느날 우리는 이 그림을 보러 갔다. 미술관 가는 길에 친구는 자신이 얼마나 희생적이고(미술관에 가기 싫으므로) 훌륭한(그럼에도 친구를 위해 싫은 일도 기꺼이 하므로) 선택을 했는지 강조했다. 나는 좋은 태도라고 칭찬해줬다.

그림을 보자마자 나와 친구는 말을 잃었다. 마치 새벽처럼, 영원히 지치지 않고 돌아오는 우리의 꿈, 빛나는 날에 대한 꿈, 뜻밖의 좋은 일에 대한 꿈 같았다.

어두운 폐허 위를 두 천사가 날고 있다. 천사들은 표류하고 있지 않고 똑바로 잘 날고 있다. 폐허 위를 신선하게 날고 있다. 천사들의 커다란 날개는 빛이 난다. 천사들이 날 때 저 위 하늘로부터 강렬한 빛이 내려오기 시작한다. 절망에 빠진 인간들의 영혼도 깨어난다. 모두 가슴을

활짝 열고 위를 볼 것이고 곧 지상의 슬픔도 색이 바뀌기 시작할 것이다.

한 천사는 무슨 소리인가 잘 듣기 위해 귀를 기울이고 있다. 천사는 우리가 얼마나 타락했는지 알려주려고 나는 것은 아니다. 우리를 조롱하기 위해 나는 것도 아니다. 천사는 살아 있는 무엇인가를 구하고 계속 살아 있게 하려는 것으로 보인다. 천사가 하려는 일은 성스럽다. 누군가 구출된다면 이제 중요한 문제는 한가지만 남는다. 그가 천사의 날갯짓 소리를 잊지 않고 폐허 위에서 모든 것을 새롭게 시작할 힘을 가지고 있는가!

어렵게 포스터 한장을 구해서 금지옥엽 품에 안고 귀국했다. 이 그림을 보면서 종종 여러 각도로 질문을 던져 보고는 했다.

천사는 무슨 소리를 찾는 것일까? 이렇게 짐작해봐도 될까? 지상의 인간들이 중요하게 생각하는 것은 물건들이었다. 그러나 천사가 중요하게 생각하는 것은 살아 있는 것이었다. 그렇다면, 천사는 무엇을 살아 있는 것으로 간주할까, 천사에게는 어떤 말이 들릴까?

　다른 질문도 가능하다. 천사는 왜 폐허에 나타나는가, 왜 수세기를 거쳐 천사들은 어두운 순간에 등장하는가, 왜 천사의 빛 아래 어두움은 맥을 못 추고 사라지는가? 또 다른 질문도 가능하다. 대체 천사는 누구일까, 혹시 내 옆을 스치는 저 많은 사람들 중에도 있을까? 소로우는 친구 에머슨에 대해서 이런 표현을 한 적이 있다. '그를 통해 이루어지는 일은 성스럽다.' 특히 이 그림 속에서 천사는 왜 2인조인가.

　이런 질문도 가능하다. 이번에는 내가 파트타임 천사가 되어서 폐허 위를 날고 있다. 내가 그런 역할을 맡는 것이 불가능하다고 생각하지 않는다. 보르헤스가 소개한 바실리데스 우주 발생론에 따르면 태초에 빛과 어두움이 만난 사건이 있었다. 빛은 어두움을 보자마자 뒤돌아서버렸지만 어두움은 빛을 보자마자 사랑에 빠져버렸다. 그날 이후 어두움은 빛의 기억, 빛의 잔광을 취했고 그것이 인간의 시초가 되었다. 나도 인간이므로 내 영혼에도 틀림없이 사랑에 빠지게 만든 비밀스러운 빛의 기억이 있을 것이다. 지금 이 글도 어제 본 보름달빛의 기억에 의지해서 쓰는 것이다. 특히, 그림 속 여자 천사의 옷 색깔은 내 죄를 아는 내가 부끄러워할 때의 얼굴빛과 비슷하다. 부끄러움과 빛의 합성물인 내가 파트타임 천사를 못할 이유는 없다. 그렇다면 나는 무슨 소리를 들으려는 걸까, 무엇을 찾지 못해서 낙담하고 슬퍼할까?

나는 이 모든 질문에 대한 답을 아직 포기하지 않고 있다. 어떤 것은 조금이나마 답을 알게 되었다. 천사가 어두운 순간에 나타나는 이유? 우리가 어두울 때 빛을 필요로 하기 때문이다. 우리에게는 풍부한 어두움이 있으므로 천사도 그만큼 더 자주 나타나야 한다. 나는 점점 더 천사를 믿게 되었다. 지상에 성스러움이 사라지고 사람들이 그것에 대해서 더이상 믿지도 말하지도 않는 것에 반대하게 되었다. 성스러움은 초자연적인 현상을 말하는 것이 아니다. 어떤 일이 우리 마음에 불러일으키는 신비로운 파장에 관한 것이다. 어떤 이야기가 우리의 마음에 남을 뿐만 아니라 영혼과 감정, 피를, 삶을, 입술을 새롭게 할 수 있다는 것이 어떻게 신비롭지 않을 수 있겠는가? 나는 이것을 믿는 것 말고는 삶이 신선해지는 다른 방식은 아직은 모르겠다.

천사를 믿었더니 수시로 천사의 날갯짓 소리를 듣게 되었다. 며칠 전에도 '나는 어떤 일을 하려고 태어난 걸까?' 물으며 눈물을 흘리는 초췌하고 아름다운 남자의 어깨에서 뾰족한 날개가 솟아오르는 것을 보았다.

책장을 넘길 때도 천사의 날갯짓 소리를 듣는다. 책을 읽는 사람의 구부린 어깨에서 투명한 날개가 솟아오르는 것을 본 일도 있다. 그 날개는 주는 자(저자)나 받는 자(독자)나 순수한 채로 서로의 영혼을 나누었기 때문에 투명해 보였다.

그 사람들은 자신이 얼마나 빛나는지 모를 것이다. 그것을 모르기 때문에 더 사랑스러웠다.

나는 점점 더 많은 사람들의 얼굴에서 빛이 나길 바란다. 그들이 지상의 색깔을 더 밝게 바꿔놓기를 바란다. 방법을 모른다면 사랑하는 사람들의 얼굴이 빛나는 이유를 알아봐도 좋을 것이다. 내 생각에 사랑하는 사람들이 빛나는 이유는 그들이 마음속 깊이 연결되어 있기 때문이다. 무한한 신뢰, 믿음, 너그러움, 이런 것들은 몸 밖으로 흘러나오면서 빛이 된다. 그들은 안을 때 서로의 장점뿐 아니라 무한한 신뢰, 믿음, 너그러움도 함께 안는다. 사랑하는 무엇인가와 강하게 연결되어 있는 사람들은 빛이 날 뿐만 아니라 힘도 세어진다. 우리가 힘을 내는 방식이 그렇다. 우리는 세상과 나 사이의 연결고리에 의지해서 힘을 낸다. 연결고리가 좋은 것이라면 우리의 삶도 좋은 것이다. 연결고리가 강력한 것이면 우리의 힘도 그만큼 세어진다.

나와 세상 사이의 연결고리는 늘 책이었다. 나는 세상에서 늘 책으로 돌아갔다. 밤과 책의 위안으로 돌아갔다. 응답 없는 세상과 삶에 대한 고통스러운 사랑을 갖가지 아름다움으로 바꿔놓은 것이 책이 아니라면 무엇이겠는가? 나는 책이 날개를 펄럭일 때 떨어져나오는 황금빛 가루에 의지하면서 혼란스러운 마음을 추스르고, 스스로를 달래고, 은밀히 격려하고, 예상했던 것보다 더 버티고, 집요하게 미래를 위한 소원을 품고, 슬픔을 잠으로 바꾸고, 꿈을 꿨다. 그리고 세상으로 돌아갔다. 소로우는 그 무엇도 내가 누구인지를 여름 햇빛만큼 잘 말해줄 수는 없다고 했다. 나 자신은 그 무엇도 내가 누구인지를 책을 읽는 밤만큼 잘 말해줄 수는 없다고 말하고 싶다.

지금도 책은 내 머리 위에서 펄럭거리면서 날갯짓을 한다. 하늘에서 아름다운 것들이 날아다닌다. 말들이 공중에 떠 있다. 그 소리에 귀 기울이면서 이 글을 쓴다. 그리고 책 속에서 지혜와 삶의 해법을 찾는 독자들이 있음을 알고 있다. 글을 쓸 때 나는 항상 독자인 당신을 생각한다. 당신의 고독을 떠올리고, 당신의 아까운 시간이 이 책으로 낭비되지 않기를 바라고, 당신의 삶 또한 낭비되지 않기를 바라고, 혼자서 책을 읽는 당신에게 말할 필요도 없이 기쁜 뜻밖의 좋은 일이 생기길 바란다.

그런 일이 생길 재료는 이미 우리에게 풍부하다. 빠스깔 끼냐르의 말을 빌리자면 고독 없이, 시간의 시련 없이, 침묵에 대한 열정 없이, 두려움에 떨며 비틀거려본 적 없이, 보이지 않는 어두운 무엇 안에서 방황해본 적 없이, 우울함 없이, 우울해서 외톨이가 된 느낌 없이 기쁨이란 없다.

　이야기 하나가 떠오른다.

　어느 화창한 여름, 여름 내내 일만 하던 두 친구가 카누를 한나절 쓸 수 있게 되었다. 두 친구는 오늘 하루는 실컷 놀아보자! 위풍당당하게 자동차 지붕에 카누를 싣고 반짝이는 널따란 바다로 나갔다. 그러나 난생 처음 카누를 타본 그들은 이내 침몰하고 말았다. 카누가 뒤집힌 것이다. 서로 깊이 좋아하던 두 사람은 서로를 절박하게 불렀다.

　"친구야!"

　"친구야!"

　둘은 있는 힘을 다해 바다에서 빠져나와 서로를 구하려고 했다. 그러나 그럴 필요는 없었다. 물을 뚝뚝 떨어뜨리며 몸을 간신히 일으켰을 때 그들은 자신들이 빠진 물의 실체를 알아보았다. 물은 야속하게도 무릎에서 찰랑대고 있었던 것이다.

　"얕아도 너무 얕은 데 빠졌어."

그 이야기를 들은 나와 친구는 박장대소했다. 우리도 카누 한번 타보고 싶다고 두 친구에게 사정했다.

그렇게 해서 다시 화창한 여름날, 이번에는 4인조 카누가 다시 반짝이는 널따란 바다로 나갔다.

잘 놀아보려는 열정은 여름 햇빛처럼 이글댔다.

"내가 너희들보다는 잘할 거야."

내가 먼저 탔다. 그런데 문제가 있었다. 위풍당당하게 바다로 나가긴 했는데 어디까지가 얕고 어디서부터 깊은지 알 수 없으니 조금 나갔다가 재빨리, 그보다 더 많이 후진하기를 반복했다. 나는 계속 같은 곳을 빙글빙글 돌았다. 영 체면이 서질 않았다. 그래도 두려움이 용기를 이겼다. 그때 저 머나먼 아스라한 곳이 아니라 거의 코앞이나 다름없는 해변에서 친구들이 소리를 질렀다.

"혜윤, 힘차게 좀 저어봐. 젓는 척만 하지 말고."

그랬어야 했다.

그리고 지금, 그때 이루지 못한 꿈이 다시 나를 찾아왔다. 지금, 카누 젓는 노의 무게를 손바닥에 강하게 느낀다.

처음 이야기

2015년

그해 겨울, 어느 토요일 밤이었다. 당시 나는 토요일마다 「시사자키」라는 두시간짜리 시사 프로그램을 생방송으로 제작했다. 생방송 중간에 보도국에서 제작한 오분짜리 짧은 뉴스가 송출되었는데 그 시간이면 묘한 피로감이 밀려오곤 했다. 생방송의 긴장감도 있었을 테고 방송 내용 자체에서 비롯되는 감정의 흔들림도 있었을 테고, 어쨌든 목이 뻐근하고 어깨가 묵직해지면 거의 예외 없이 주조정실 스튜디오의 널찍한 창가로 걸어가서 멍하니 창밖을 내다보곤 했다.

창밖엔 결코 성공하지 못할 자식을 바라보는 늙은 아

버지의 한숨 같은 저녁 하늘이 펼쳐져 있곤 했다. 혹은 아버지가 사랑한 방식으로 삶을 사랑할 수 없기에 기대를 저버리고 성공하지 않기로 결심한 아들같이 창백하게 질린 달이 하늘에 떠 있기도 했다. 나는 너희 둘 다 똑같이 사랑한다고 고개를 끄덕여주고 싶었다. 그 짧은 일이분 동안에 얼마나 많은 생각이 내 머릿속을 스쳤던가? 지금은 다 기억할 수도 없다. 눈물을 흘리던 날도 있고, 분노한 날도 있고, 무기력하게 슬퍼한 날도 있고, 뭐라도 해볼래! 하고 결심한 날도 있었다.

그날들의 기억은 대부분 잊었다 해도 그 많은 생각들 중에 늘 공통적인 배경을 이루던 한가지만은 또렷하게 기억한다. 삼층 창가에서 거리를 내려다보며 조금씩 애처로움을 드러내는 만물에, 깃들 곳을 찾는 피곤한 작은 새처럼 친밀한 사람을 찾아 돌아가는 종종종 몸짓을 하는 만물에, 자신의 작은 불을 켜는 만물에 나 또한 속해 있음을 느끼곤 했던 것만은 분명하다.

크리스마스를 며칠 앞둔 날의 저녁 하늘은 더 침울했

던 걸로 기억한다. 이제 얼마 남지 않은 올해도 특별히 좋은 일 없이 마감되리란 것을 암시하는 듯했다. 크리스마스 선물로 너에게 깊은 한숨을 줄게. 하늘은 우울한 표정으로 말했다. 나는 나도 모르게 고개를 끄덕였다.

괜찮아. 견뎌볼게.

그때 전화벨이 울렸다. 몇달간 연락이 없던 친구였다. 친구는 택시 안이라고 했고 갑자기 숨을 쉴 수 없다고 했다. 나는 어서 빨리 병원 응급실로 가라고 하고 방송이 끝나자마자 택시를 잡아타고 응급실로 달려갔다. 친구는 응급실 가장 안쪽 침대에 길게 누워 있었다. 참으로 여윈 모습이었다. 못 보던 사이 친구는 더 창백해졌고 더 슬퍼 보였다. 나는 눈물이 나오려는 것을 참았다.

그날 응급실 맨 안쪽 침대에 있던 그를 둘러싼 음영이 다소 비현실적이었던 것으로 기억한다. 하얀 벽. 그 벽을 타고 올라가던 한 생명체의 희미한 흰색 숨결. 조급하게 사랑을 성취하려 했기 때문에 시커멓게 타버린 속마음을 닮은 머리카락의 그림자. 미래에 대한 어두운 전망만큼이

나 무거운 몸의 그림자. 반복되는 기대와 실망의 무게로 과거의 지도가 뭉개진 맨발의 그림자.

내 기억이 맞는다면 나는 침대에 누워 있는 친구 쪽으로 몸을 깊숙이 기울였을 테고 친구는 나를 올려다보았을 것이다. 친구는 우리가 만날 때면 늘 하던 말을 그날도 또 했다.

"이야기 좀 해줘."

그랬다. 친구를 만나면 나는 늘 책 이야기를 들려주곤 했다. 때로는 "여기 너무 좋지 않아? 들어봐" 읽어주기도 했다. 그날도 똑같았다. 그 무렵 읽고 좋았던 책, 그 무렵 만나 마음에 남은 사람, 그 무렵 듣고 기억에 남는 이야기를 나누다가 우리는 각자의 인생 이야기도 조금씩 했다. 친구는 자신이 살면서 병원에 갔었던 이야기들을 차례차례 들려주었고 병실에 누워 있으면 어김없이 밀려오던 질문, 인생에서 소중하게 생각하는 것은 무엇인가에 대한 생각을 들려줬다. 그 이야기가 진실되기에 '사실은 나도 힘들어'라고 말할 뻔하기도 했다. 우리가 그 시간 병원에서 할 수 있는 것은 그렇게 나지막한 목소리로 이야기를 나누는 것뿐이었지만 놀라운 시간이었다. 우리는 타인의 이야기 속에서 자신의 모습을 발견하기도 했다. "어머 너도 그랬니? 나도 그래." 그렇게 각자의 엉망진창이 된 꿈들, 계획들에 대해 미소를 지을 수도 있었다.

"꿈 때문에 고생하는 것. 해볼 만하지 않아? 찰스 부코스키가 실연에 대해서 뭐라고 했는지 알아? '죽음을 미리 맛보는 것, 나쁠 것도 없지 않아?'라고 했더라고. 우리가 느끼는 감정 중 많은 것들이 얼마나 어리석으면서도 얼마나 피할 수 없었던지……"

지금은 이렇게 진지하게 쓰고 있지만 사실은 이것보다 훨씬 분위기는 가벼웠다. 무슨 이야기라도 해서 그를 즐겁게 해주고 싶었다. 그렇게 얼마나 이야기를 했을까? 친구는 몇시간 뒤 병원에서 퇴원할 수 있었다. 우리는 기분이 좋아져서 몇 블록을 걸어갔다. 문이 열린 맥줏집을 찾아내 먹지도 않을 어묵탕을 시켜놓고 새벽녘까지 또 이야기를 나누었다. "서울에서 제일 좋아하는 곳은 수성동 계곡이야" 같은 이야기에서부터 당장 사는 데 아무런 실질적 도움이 될 리 없는 책 이야기들. 이를테면 『적과 흑』의 주인공 줄리앙 쏘렐을 좋아하는데 그 이유는 남에게 보이는 모습보다 혼자 있을 때 모습이 훨씬 좋기 때문이라는 것, 그런 이야기들을 나누었다. 떠오르는 대로 실컷 이야기를 나누다가 "곤경에 처한 사람은 자신이 좋아하던 책에 의지하곤 한대"라고도 말했다. 친구에게 그렇게 말하는 순간, 참 좋았다. 나도 내가 한 말을 전적으로 믿고 있었으니까.

그렇게 이야기를 나누다가 각자 속으로 무슨 결심 같은 것을 하기도 했을까? 적어도 나는 확실히 그랬고 친구도 그랬던 것으로 보인다.

우리는 어느 순간부터 설익은 충고나 지혜를 가장한 말들을 남발하지 않았다. 아니, 별말을 하지 않았다. 이제 곧 찾아올 아침을 바라보듯 자신이 쏟아낸 말, 들은 말, 열정을 찬찬히 바라보았다. 무자비하게 자신의 가장 약한 부분들을 바라보았다.

그렇게 그 밤, 우리는 서로 단단해지려고 애썼던 것 같다.

우리는 그 새벽에 헤어질 때 뒤돌아보지 않았다. 우린 각자의 하늘을 머리에 지고 그냥 걸어갔다. 그리고 각자의 삶을 견디고 살아냈다. 다만 자부심을 가지고 살 수 있기를 바랐다.

일년 뒤 나는 친구를 다시 만났다.

다시 만난 그는 더 여위었지만 놀랍게도 믿을 수 없을 만큼 강해졌다. 그렇게 빛나고 깊고 강인한 눈빛을 마주하는 건 오랜만이었다.

나는 그의 얼굴을 뚫어져라 바라보았다.

나는 당시 그의 지옥이 무엇으로 이루어져 있었는지 정확히 모른다. 다만 그가 사람들과 떨어져 혼자 지내고 있었다는 것만은 알고 있었다. 눈을 감고서도 그의 모습을 그려볼 수 있다. 하루에 한마디도 하지 않는 것, 바닷가를 홀로 걷는 것, 걷다가 작고 예쁜 아이를 보면 머리를 쓰다듬는 것, 먹구름을 쫓아가는 것, 빗소리에 귀를 기울이는 것, 혼자서 밥을 먹는 것 혹은 굶는 것, 아무 시름 없이 행복해 보이는 사람들을 멍하니 바라보다가 저 사람들에게도 말 못할 고통은 있으리라 생각해보는 것, 밤에 잠을 못 이루고 어둠을 응시하며 수많은 세월을 거슬러가보는 것, '내려갔으니 이제 올라갈 줄도 알아야지!' 스스로를 격려하는 것, 차를 몰고 점점 더 인적이 없는 곳으로 가는 것, 그러다가 좋아하는 길을 찾아내 몇번이고 같은 장소에 가보는 것. 그 모습들은 모두 한가지 방향을 가리킨다. 즉, 그의 모든 행동은 이미 일어난 일이라면 그것이 무엇이든 받아들여보려는 애처로운 마음의 전투와 관련이 있다고 내 나름대로 짐작해볼 수 있는 것이다.

그러나 그다음은 모르겠다.

친구야, 너는 대체 어떻게 지옥을 뚫고 나왔어? 어떻게 힘을 냈어?

나는 그가 정직하게 고통을 겪어냈음을 알아봤다.

'아, 이건 기적 같은 회복이야. 그렇다고 예측하지 못할 일도 아닌 셈이야.'

나는 그 사실을 미리 알았어야 했다. 우리에게 진정한 기쁨을 주는 '뜻밖의 좋은 일'이라는 것도 실은 마음속으로 수많은 날 기다리던 것이란 걸. 그렇다면 우리에게 한 가지 좋은 일이 생기기 위해서 그전에 얼마나 많은 일들이 일어나야 하는 걸까?

나는 친구에게 감탄했다.

"저 불빛 아래 좀 서봐!"

나는 친구를 가로등 아래 세워두고 한바퀴 돌면서 찬찬히 봤다. 마음속으로 고마움을 느꼈다. 그가 잘 회복되어서 고마웠냐고? 물론 그것도 있지만 다른 것도 있다. 내가 그의 회복을 진심으로 기뻐한다는 사실 때문에 고마웠다. 타인의 슬픔을 슬픔으로, 타인의 기쁨을 기쁨으로 느끼는 능력이 아직 내게 남아 있음을 알게 해주었기 때문에 고마웠다. 내게 영혼을 되돌려주었기 때문에 고마웠다. 그리고 누군가 더 낫게 회복되었다는 사실에 진실로 힘을 얻었다.

누군가 해냈다면 나도 할 수 있지 않을까? 그날, 나는 기분 좋게 행복해졌다.

2016년 봄

그해 봄, 나는 쿄오또에 있었다. 3월 말의 일이었다. 쿄오또는 그전에 두번 갔었다. 오래전, 처음 쿄오또에 갔을 때는 벚꽃이 한창이었다. 그러나 비가 내렸다. 하늘에 걸린 절 같아 보였던 청수사의 빗소리가 제일 좋았다. 비라기보다는 푸른 방울이 내리는 것 같았다. 그 단아한 소리는 지금도 눈을 감으면 떠올릴 수 있다. 꼭 푸른 꿈이 한방울씩 떨어져내리는 것만 같다. 쿄오또 여행자들은 골목의 아름다움에 푹 빠지곤 하는데 나도 그랬다. 모퉁이를 돌면 커다란 꽃 핀 나무들이 어김없이 나타나고 모퉁이는 다른 길로 이어지고 초록색 수로는 맑고 청결했다. 쿄오또는 사람이 너무 외롭지 않도록 만들어진 도시 같았다. 청수사에서 바라보는 일몰이 무척 아름답다는데 비 때문에 일몰을 즐기지 못한 것과 금각사만 보고 은각사를 가지 못한 것이 아쉬워서 언제고 쿄오또에 다시 한번 가봐야지!라고 마음에 담아둔 것이 벌써 몇해 전의 일이 되고 말았다.

그러던 어느날, 사시사철 오직 쿄오또만 여행하는 선생님을 알게 되었다. 그분은 쉼 없이 일한 젊은 날을 진심으로 후회하고 있었다. 일할 때는 거의 매일 노트에 그날 한 일의 기록을 꼼꼼히 남겨두었다. 시간이 흘러 더이상 젊지 않게 되었을 때 그 노트들을 꺼내 읽어보고 분통을 터뜨렸다. '이런, 다시 돌아가고 싶은 시절이 하나도 없잖아! 이제부터 남의 돈벌이를 위해서 내 삶을 없애버리는 일은 그만하겠어! 먹고사는 문제에 그만 매달리겠어. 좀 놀겠어!'라고 결심을 하고 발견한 곳이 쿄오또였다는데, 왜 하필 쿄오또였는지는 알 수 없었으나 그것과 관계없이 가슴에 묻혀 있던 쿄오또가 생각났다. 그러자 즉시, 쿄오또나 한번 따라가볼까 하는 충동이 생겼다. 그래서 3월 말의 쿄오또에 일주일간 체류하게 되었다.

선생님과의 여행은 다소 특별했다. 새벽부터 밤까지 행군, 행군! 그렇게 죽기 살기로 걷는 사람을 나 빼고는 처음 봤는데 나도 걷기라면 '한 걷기' 하기 때문에 우리 둘의 여행은 점차 경쟁적이 되어갔다. 서로 입 꼭 다물고 걷기만 했다. '이 쓸쓸한 나그네길, 누군가와 함께 여행하는 것은 곧 짐'이라는 것이 선생님의 인생철학이었다.

쿄오또에 같이 도착했으나 길은 따로따로. 선생님의 마음은 '당연히' 그런 것이었는데 뜻밖에도 내가 따로 가겠다는 말을 하지 않은 것으로부터 모든 일은 시작되었다. 의도적으로 버스 잘못 타기, 의도적으로 지하철 잘못 타기, 버스 타고 한시간 가야 할 길 걸어서 가기, 의도적으로 두끼 연속 굶기. 선생님은 온갖 수단을 써서 나를 버리려고 했다. 선생님은 의도적으로 길을 잃어놓고서 "아이고, 이거 실수가 잦습니다. 그만 호텔에 가서 쉬고 싶지는 않은지요?" 하고 정중하게 목례를 했다.

3월 말인데도 바람은 날카롭고 차가웠다. 쿄오또는 무척 따뜻하다는 선생님의 말에 속아서 얇은 셔츠 한장만 입고 오들오들 떠는 내 옆에서 두툼한 바람막이 점퍼로 완전무장한 선생님은 이렇게 말했다.

"햇빛 참 좋지요?"

"네, 저도 포근해요"

"지금 막 우리 옆에 서 있던 가게 주인이 일본어로 뭐라고 한 줄 아십니까?"

"제가 일본어를 몰라서."

"여름이 왔어,라고 하네요."

"선생님, 우리 맛있는 것 먹으러 가요."

"제가 잘 아는 곳이 있는데 두부가 정말 맛있습니다. 그런데 어쩌죠. 오늘 휴일이라네요. 대신 단팥죽 식당으로 가시지요. 두시간만 걸으시면 됩니다."

그래서 단팥죽을 먹었을까?

"아이고, 이 식당도 문을 닫았네요. 춘분 연휴 직후라서 그런 모양이네요. 일본은 춘분날 쉬는 것 알지요?"

"……"

그러나 핏발이 선 눈으로, 부들부들 떨리는 다리로 간신히 서서 바라보는 청수사는 아무리 춥고 굶주렸어도 아름답긴 아름다웠다. 그렇게 높은 곳에서 바라보면 우리가 참 아름다운 곳에 살고 있다는 사실을 외면하기 어렵다.

그러나 철학의 길을 걸을 때, 승리의 여신은 내게 살포시 미소를 짓기 시작했다. 나의 강철 같은 다리와 강철 같은 심장, 결코 쉽게 버림받지 않으리라는 강철 같은 의지에 상당한 전의를 상실한 선생님은 나에게 왜 쿄오또에 동행했느냐고 물었다. 물론 나에게 특별한 이유는 없었다.

"성숙한 인간에게 이유 따위는 필요 없지요. 바람 따라 길 따라. 하이꾸의 대가 바쇼오도 노래했어요. 제비꽃을 이야기하는 것도 여행의 하나니. 꽃이나 보시지요."

정말 꽃이나 보려고 했다.

그때 한 남자가 눈에 들어왔다. 처음에 봤을 때는 평범한 회사원으로 보였다. 좀 여위고 체구가 작고 얼굴은 창백했고 푸른빛이 도는 회색 작업복 점퍼를 입고 있었는데 옷은 먼지 한점 없이 깨끗했다. 가슴 왼편에 회사 로고가 적혀 있었지만 내가 읽을 수 없는 한자였다. 벤치에 앉아서 점심식사로 오이와 달걀이 든 샌드위치를 먹고 있었는데 그가 내 눈길을 끈 것은 순전히 그의 시선 때문이었다. 그의 시선은 한결같이 한그루 나무를 향해 있었다. 그 시선이 하도 간절해서 나도 그가 바라보는 나무를 바라보았다. 아직 꽃이 피지 않은, 하지만 망울 하나하나가 총탄처럼 단단해 보이는 커다란 벚나무였다. 그는 왜 화사하게 만개한 꽃이 아니라 아직 피지도 않은 꽃망울을 저렇게 열심히 보는 걸까? 나는 무료한 행인인 척 그의 주위를 배회했다. 3월 말의 쿄오또는 아직 찬란한 벚꽃의 도시는 아니었다. 사방에 벚꽃이 필 기미만 가득한 도시였다. 곧 시작될 봄에 대한 암시로 가득한 도시였다. 곧 다가올 것을 소중히 여기는 도시였다.

나는 회사원의 시선에 감정이입했다.

그가 힘을 필요로 한다는 것을, 그 힘을 단단한 꽃망울에서 애타게 찾고 있다는 것을 눈치챘다.

"무슨 일 있어요?" 묻고 싶었다.

그렇게 하지는 못했다.

조금만 가까운 사이였다면 우리는 이런 대화를 나눌 수도 있었을 것이다.

우리의 삶은 그렇게 자유롭지 않은 거지요? 우리의

삶은 수동적으로 참아야 하는 것과 적극적으로 노력해야 하는 것이 서로 복잡하게 연결되면서 나아가는 거지요? 위기상황은 이것을 가장 깊게 느끼는 상태이기도 한 거지요? 위기에 빠졌다고 생각되면 깊은 무력감, 깊은 수동성, 타인의 처분에 맡겨진 듯한 나를 느끼지만 어떻게든 정신력과 능력으로 상황을 극복하려고 투혼을 발휘하고 분투하니까요. 그래서 위기상황은 삶의 신비로운 충동이 제일 잘 보이는 순간이기도 한 거지요? 우연히 들은 이야기가 더이상 우연으로만 머물지 않고, 우연히 본 풍경 역시 더이상 우연으로만 머물지 않고, 우연히 생긴 일 역시 에피소드나 해프닝으로 머물지 않고 길조이거나 흉조가 되고, 하늘에 새 한마리가 날아오르는 것, 봄에 꽃망울이 터지는 것, 달이 구름을 뚫고 자태를 드러내는 것, 다 전조고 기미고 징후고 예언이고 힘을 내라는 암시처럼 느껴지니까 말이에요. 전에는 무심코 넘겼던 많은 일들도 다 특별한 의미로 다가오고요. 그래서 마르께스는 상처 입은 사람의 눈에는 별이 두배로 보인다고 한 것이겠지요? 위기의 순간이 오면 자신만만함도 안정감도 사라지지만 다른 것이 찾아오기도 하죠. 그중에는 좋은 것도 있어요. 지난날 칠석같이 믿었던 삶이 오류로 가득한 것이었다는 깨달음 같은 것 말이에요. 그래서 우리에게 약간의 힘이라도 있다면, 견딜 수 없을 거라고 생각했던 시련이 자기실현을 위해 꼭 필요한 일인 듯 여겨지는 신비로운 일이 벌어지기도 하는 거지요?

당신, 힘을 총동원하기 위해 아무도 모르게 필사적인 노력을 하고 있는 거죠?

우리는 소설 『나자』의 주인공처럼 '소스라치게 놀라게 만드는 우연의 일치를, 자신을 볼 수 있게 만들어줄 빛의 광선을, 계시를 보여주는 사건을 만나기를' 바라면서 산책을 하는 건지도 몰라요. 한 사람이 인생에서 위기를 맞았다는 것은 마치 병원에 누워 엑스레이가 몸 안을 샅샅이 훑는 것을 지켜보는 것처럼 느껴져요. 전에 없던 방식으로, 외부의 빛으로 내부를 들춰서 뭐가 문제인지 열렬히 비춰보는 거예요. 그다음에는 병을 고쳐보려고 하겠지요? 병을 고치기 위해서, 건강해지기 위해서 무엇에 영향을 받느냐는 인간성의 가장 본질적인 부분과 연결되어 있겠지요? 빛이 제일 잘 보일 때는 우리가 어둠속에 있을 때라고 해요. 우리 마음은 늘 우리 마음이 닮고 싶은 것을 찾아냅니다.

당신이 약해지지 않기를 바라요. 더 강해지길 바라요. 당신에게 좋고 중요한 일이라면 그것을 포기하지 않기를 바라요. 겨울을 지나 봄을 맞은 꽃에서나 볼 수 있는 것을, 이를테면 생기와 생명력과 기적을 사람에게서도 보고 싶어요.

나도 그처럼 꽃망울들을 봤다. 그가 보는 곳을 봤다. 그가 보는 곳에 나에게도 늘 필요한 희망이 있는 것처럼 봤다. 그리고 저 꽃망울들도 겨울에는 틀림없이 고통을 겪었을 것이라는 사실에, 그다음에 그토록 기쁨을 주는 존재로 탄생한다는 사실에 사랑과 우정을 느꼈다. 아름다움만큼 반가운 것은 없었다. 그 순간 세상은 따뜻한 쪽으로 흐르고 있었다. 하지만 어느 화창한 날 하루로 봄은 오지 않을 것이다. 또 많은 날들이 필요할 것이다.

모르는 사람이지만 그 곁을 떠나자니 마음이 무거웠

다. 모르는 사람이지만 그 눈빛은 내가 아는 눈빛이었으므로 그랬다.

한해 전 내 친구의 눈빛이었고, 마음이 요동치는 날의 내 눈빛이고, 또 수많은 사람들의 눈빛이 그러하므로.

그 순간, 내 마음은 용기를 내보는 것 외에는, 나약해지지 않는 것 외에는 달리 사는 방법을 모르는 사람들에 대한 부드러운 사랑으로 가득 찼다. 일단, 그렇게 하는 것이 생명의 기적을 이해하는 첫 단계인 것만 같았다.

무기가 필요해

앞에서 이렇게 길게 이야기를 늘어놓은 이유는 이제는 나도 많은 사람들이 그 시절의 내 친구처럼 그리고 쿄오또의 회사원처럼 자신만의 거친 황야를 걷고 있다는 걸 알기 때문이다. 우리 각자에게 지상 어디선가 누군가는 있는 힘을 다하고 있다는 것을 말해주고 싶어서다.

나는 모두에게 뜻밖의 좋은 일, 생각지도 못한 일이

일어나길 바란다. 이 문제 많은 세상은 너무나 문제가 많은 나머지 화끈한 기적을 필요로 한다.

그러나 다른 한편, 명예를 아는 인간으로서 준비도 없이, 가만히 앉아서 그렇게 좋은 일이 일어나기를 바랄 수는 없다. 치누아 아체베는 가만히 앉아서 일이 잘 풀리기를 기대할 수는 없다, 일이 잘 풀리기 위해서 각자 해야 할 일이 있다, 그것이 우리의 존재 이유다,라고 말했는데 내 생각도 같다.

게다가 무기 하나 없이 황야를 걸을 수는 없다. 나는 내가 무기 하나는 잘 골랐다는 것을 안다. 나는 최상급의 무기를 가지고 있다. 물론, 나에게 처음부터 무기가 있었던 것은 아니다. 무기가 필요한 절박한 이유들이 있었을 뿐이다.

첫번째 이유는 나 자신의 초라함 때문이었다.

나의 직업은 라디오 피디다. 음악 피디가 아니고 시사 프로그램을 만드는 피디다. 늘 누군가를 만나서 무슨 내용인가로 생방송 또는 녹음방송을 한다. 녹음을 마친 후

녹음된 파일을 들려주면 거의 모든 출연자들은 경련을 일으킨다.

"내 목소리 듣기 싫어요! 목소리 진짜 어색하고 이상하다."

"쓸데없는 말만 한 것 같아요."

"편집 좀 잘해주세요."

한번이라도 자기 목소리를 녹음해서 들어본 사람이라면 이 말을 이해할 것이다. 나는 그때마다 적절히 위로할 줄 안다. 자기 방송을 흡족해하는 사람은 내 평생 한명도 보지 못했다고. 진실이지만 백 퍼센트 진실한 말은 아니다. 유명인들은 흡족해한다. 그들은 무슨 말을 해도, 자기 모습을 보여주기만 해도 사람들이 열광할 것이라는 망상 때문에 잠시 마비되어서 그렇다. 말솜씨가 있어서 어떻게 말을 해야 남들이 자신을 좋아하게 될지 아는 사람도 덜 괴로워한다. 그러나 주요 등장인물 대부분이 죽는 비극 『리어 왕』의 마지막 문장은 뜻밖에도 말에 관한 것이다. 리어 왕이 죽고 살아남은 사람들은 이렇게 말한다. '우리는 해야만 하는 말이 아니라 느끼는 바를 말하도록 합시다.' 꼭 하고 싶은 말이 있는 사람과 아는 것도, 할 말도 없으면서 방송이라면 무조건 출연하고 보는 사람 중에는 누가 더 괴로울까? 물론, 하고 싶은 말이 있는 사람이다. 정직과 진실을 향한 씨앗이 큰 사람일수록 더 괴로워한다. 언어는 삶에는 미치지 못하기 때문이다.

　자기 목소리를 듣는 괴로움을 호소하는 사람들을 자꾸 보게 되면서 나에게 변화가 생겼다. 언제부터인가 나도 내 말을 듣기 시작했다. 내가 말을 하면 곧장 내 말을 녹음한 파일이 재생되는 것처럼 느껴질 때도 있다.

　아, 또 쓸데없는 말을 하네.

　아, 또 남에게 잘 보이려고 치장하네.

　또 모르는 것을 아는 척하고 있구나!

　어디서 들은 말을 옮겨담기 바쁘네.

　엄청 진부하다.

　영혼이 없군.

　나 자신도 믿지 않는 말을 하는군!

그것은 마치 밤에 쓴 일기를 환한 대낮에 공개적으로 읽는 기분이다. 아! 이건 정말 아니다! 가슴이 철렁하다 못해 조용히 사라지고 싶다. '아무것도 아닌 내가 유일한 존재라니, 이런 추문이 있나!'라는 싸뮈엘 베께뜨의 말이 저절로 떠오른다. 내용이 공허하거나 나에게 없는 것을 마치 있는 것처럼 말할 때 다른 사람은 잠시 속일 수는 있어도 나를 속이기는 힘들다. 다른 누구도 아니라 나 때문에, 내 말 때문에, 내 속마음 때문에, 나의 생각 없음 때문에 스스로 초라해진다. 나의 말은 세상에 영향을 미친 것이 아니라 나에게 영향을 미쳤다.(그나마 천만다행이었다.) 그런 날은 나 자신이 세사르 바예호가 말한 '모자 끝에 매달린 제대로 빗지도 않은 가엾은 두뇌' 같았다. 내 정체는 나의 드러나는 개성이 아니라 내 속마음이고 나의 고유한 안정감 또한 속마음의 영역이었다. 나의 경우에 듣는다는 것, 그것은 진실을 들을 줄 아는 것이다. 안다는 것, 그것은 적어도 자신이 하는 말이 무슨 말인지, 그것이 진실인지 거짓인지를 안다는 것이다. 지그문트 바우만은 우리가 말하는 모든 단어, 우리가 취하는 모든 동작은 의도하지 않은 자서전의 조각이고 이 모든 것은 자신도 모르게 하는 것이기 때문에 우리가 종이에 가장 자세하게 글로 쓴 삶의 이야기만큼 진실한 것이라고 했는데, 경험상 이 말은 진리다. 나에 관한 진실은 내가 입으로 뭘 주장하는가가 아니라 무심코 하는 말, 무의식적으로 하는 동작에 담겨 있다.

동시에 생각한다. 자기 자신을, 세상에 대해 느끼는 불만과 괴로움과 욕망과 경험과 삶에 원하는 것을 자신의 언어와 목소리로 진실하게 말하지 못한다면 그때는 어떻게 되는 건가? 쿤데라는 흐라발을 읽을 수 있는 세상과 그의 목소리를 들을 수 없는 세상은 완전히 다른 세상이라고 했는데 흐라발은 어떤 목소리를 냈기에 그런 놀라운 평가를 받는가? 그리고 그것은 어떻게 가능했을까? 나는 서글프면서도 괴로운 심정으로 나를 돌아볼 수밖에 없었던 것이다.

그러나 가끔 나도 내 목소리를 찾았다고 느껴질 때가 있기는 하다. 내가 입 밖으로 내뱉는 말과 마음이 모순 없이 조화를 이루는 순간이 기적처럼 있다. 진짜 꼭 필요한 말을 할 때, 내가 말하는 것을 나도 믿을 때는 공허하지 않다. 공허는 매순간 우리를 기다리지만 그런 순간은 기적처럼 공허하지 않다. 그런 순간을 조금이라도 더 살고 싶었다. 그런 시간을 늘려야만 했다. 그럴 수 있는 방법을 찾아야만 했다. 더 큰 목소리를 내는 것이 아니라 아예 다른 말을 할 수 있다면 가장 좋을 것이다.

두번째 이유는 삶의 무거움 때문이었다.

무겁기 때문에 가벼워지고 싶었다. 삶에 시달리면서도 가볍게 되고, 삶이 꿈이란 것을 알고 싶었다.

아마 우리는 행복할 수 있었을 것이다. 사랑하는 사람의 품에서 눈을 뜨고 주변 사람 모두가 저마다 능력과 장점이 있어서 서로 돕고 심혈을 기울인 일은 보상을 받고, 때로는 별이 빛나는 밤거리를 산책하면서 서로가 아는 도시와 산과 강에 대해 이야기를 나누고, 그 거리에 잔인하고 슬픈 일은 없었더라면. 그럴 수 있었다면 행복했을 것이다. 그러나 일은 그렇게 진행되지 않는다. 극단적으로 불행한 일은 피한다손 치더라도 신경성 위염, 만성피로,

가난, 노화, 친구의 배신, 사랑의 상실, 모욕, 쓸모없어지는 것, 유일하게 소중한 누군가의 죽음, 잔인한 뉴스 등 우리가 견뎌내야 할 것들의 목록은 결코 짧아지지 않는다. 우리는 인간성을 유지하기 위해서 종종 초인적으로 노력해야 한다. 인간이 되기 위해 인간을 견뎌야 한다. 삶은 상상만큼 빛나지 않는다. 이렇게 편안하지 않은 마음으로 노동을 하고 아침을 맞고 바쁘게 일상을 유지하고 살아내는 것이 경이롭기까지 할 때도 있다. 삶이 신비로운 것이 아니라 힘을 내는 인간들이 신비롭다.

삶이 쉬운 것이었다면 기술도 무기도 필요치 않았을 것이다. 초등학교 때 배운 급훈대로 착하게 살아라! 존중하라! 친절하라! 등을 실천하고 살면 그나마 최선이겠지만 그렇게 살다가는 몸에 사리가 생길 것만 같다. 게다가 존중할 수 없는 생각은 넘쳐나고 친절이 문제가 아니라 남들이 나를 함부로 대하지 못하도록 맹렬히 싸워야 할 때도 있다. 우리 인생 중간에는 세상이 엉망진창이라는 당혹감을 처리해야 할 때가 반드시 있다. 더 큰 문제는 세상은 나만큼 혼란스러워 보이지 않는다는 것이다. 혼란스럽기는커녕 질서가 탄탄하게 자리 잡고 있다. 문제는 그 질서가 부당하다는 것이다. 현실은 부당할수록 어쩐지 더 현실적으로 느껴진다.

삶이 이렇게 우리를 끌어내리므로 우리에게는 붙잡고 위로 끌어올려줄 믿을 만한 무언가가 필요하다. 지옥에서는 우리를 위로 끌어올려주는 것이 있어야 탈출할 수 있다. '하늘은 스스로 돕는 자를 돕는다'라는 말은 문제의 해결책을 찾고 균형을 잡되 하늘 같은 곳, 조금 더 높은 곳, 다른 차원에서 찾으란 말로 느껴졌다. 삶의 무게는 우리를 끌어내리는데 정신의 중력은 이와는 반대로 우리를 높은 곳으로 끌어올릴 수 있어야만 한다. 세상을 있는 그대로, 환상 없이 보면서도 사랑할 수 있다면 좋을 것이다. 『제노의 의식』을 쓴 스베보에 대해서 그의 친구들은 스베보는 삶이란 별로 바람직하지 않거나 그다지 애착을 가질 만한 것도 아니라는 것을 인식하면서도 강렬하게 열망하고 사랑하는 법을 배우려 했던 사람이라고 기억했다. 나도 그렇게 기억되면 참 좋을 듯했다.

세번째 이유는 현재와 미래에 대한 걱정 때문이었다.

　사실 미래에 대한 내 걱정은 건강이나 노후자금과 관련된 것이 아니라 (그것들도 말할 필요도 없이 중요하지만) 더 근본적으로는 꿈과 관련된 것이다. 내 꿈은 간단했다. 내게 있는 시간과 에너지를 어디에 써야 할지 알면 좋겠다는 것이었다. 꼭 필요한 곳에서 꼭 필요한 일을 하고 사는 것이었다. 모든 싸움은 자기 자신의 무거움과의 싸움이고 꼭 필요한 일을 하면서 산다는 느낌, 그것이 삶의 가벼움이라고 생각했다. 평균수명이 늘어난다고 하는데, 그럼 그 살아 있는 시간은 어떻게 써야 할까? 뭘 하면서 살지? 평균수명이 늘어난다는 사실이 마냥 환영할 만한 뉴스는 아니었다. 지금까지 살아온 그대로 기간만 연장된다면 난처한 뉴스가 될 것 같았다.

　라디오 피디들에게는 직업 때문에 생긴 말버릇이 있다. 우리는 늘 사람을 찾고 있다. 모피 코트 만드는 과정에 대해서 누구 말해줄 사람 없어? 타워크레인 사고가 왜 그렇게 많은지 누구 말해줄 사람 없어? 특목고 학생들이 왜 그렇게 죽는지 누구 말해줄 사람 없어? 우리가 늘 입에 달고 사는 말버릇은 "누구 없어?"다. "딱 맞는 누군가 있어." 그만큼 반가운 말이 없다. 딱 맞는 누군가를 알고 있다는 것이 내 자랑거리인 것만 같다. "아무도 없어." 그만큼 힘 빠지고 실망스러운 말도 없다. 어떤 사람이 바로 '그 사람' 이라는 것, 이것이야말로 진짜 대단하고 신기한 일이다.

어떤 사람은 누군가에게는 찾고 기다려온 바로 그 사람이다. 나 역시 누군가가 기다린 그 누구일 수 있다. 누군가가 만나서 도움을 청하고, 의견을 듣고 싶은 바로 그 사람이 바로 나일 수도 있다. 지금 이 글을 읽는 당신은 내가 찾아헤매던 바로 그 사람일 수도 있다. 이렇게 우리는 서로의 살아온 삶을 납득한다. '당신이 그렇게 살고 있어서 우리에게 좋은 일이 생길 거예요.' 이렇게 우리는 서로의 고유성 때문에 살아남는다.

나 자신이 누군가 기다리던 바로 그 사람이라면 정말 기쁠 것이다. 기적이라고 생각할 것이다. 나도 내 인생을 한번은 긍정해보고 싶었다. 그래! 바로 그거야! 잘했어! 계속해! 바로 이것을 해내려고 태어난 거야! 그런데 그것 이 무엇인지 어떻게 알 수 있지? 어떻게 해야 누군가에게는 없어서는 안될, 꼭 필요한 사람이 되고 꼭 필요한 일을 해내지?

　　그러던 어느날, 나는 오오에 켄자부로오의 어떤 글을 읽고 큰 충격에 빠지고 말았다. 오오에 켄자부로오는 어려서 『허클베리 핀의 모험』을 선물받았다. 그로서는 처음 읽은 서양고전이었다. 나중에 그는 소설가가 되었고 결혼을 했고 장애가 있는 아이를 낳았다. 아이의 뇌에 커다란 혹이 있었다. 아이는 뇌수술을 해도 식물인간이 될 수도 있고 평생 장애를 안고 살아야 할 확률도 높았다. 아직 그의 아내는 아이가 장애를 가진 것을 몰랐다. 이 경험은 그의 책 『개인적인 체험』에 자세히 나와 있다.

　　소설에서 장애 아이의 아버지 이름은 버드다. 병원에서 처음 만난 의사는 아이를 위해서도 부모를 위해서도 이런 아이는 빨리 죽는 것이 낫겠다고 말한다. 두번째 만난 의사에게 버드는 "수술을 한대도 정상적인 아이로 자랄 가능성이 희박하다면……"이라고 말끝을 흐린다. 의사는 답한다. "아기의 분유량을 조절해보죠. 분유 대신 설탕

물을 줄 수도 있겠죠." 이렇게 해서 버드는 아내 몰래 아이가 서서히 쇠락사했다는 연락이 병원에서 오기만을 초조하게, 뭐에 쫓기듯 기다리게 된다. 그러나 소설의 마지막에 버드는 '도망만 치는 남자이기를' 그만두기로 한다. 소설은 버드가 아내 품에 안긴 아기를 들여다보는 것으로 끝난다.

그런 판단을 내릴 때 오오에 켄자부로오가 머릿속에 생각한 구절이 있었으니 바로 『허클베리 핀의 모험』에 나오는 한 문장이었다.

『허클베리 핀의 모험』에서 '헉'은 도망한 노예 짐과 함께 미시시피강을 따라 여행한다. 짐은 자신을 고발하지 않는 헉이 너무 고마운 나머지 줄곧 이런 말들을 쏟아낸다. '난 헉 덕분에 자유를 얻었어. 평생 기억할게. 넌 하나뿐인 내 친구야.' 하지만 짐이 그런 말을 하면 할수록 헉의 마음은 무거워져만 간다. '신고를 해야만 하는 걸까? 내가 왜 어른들이 하지 말란 짓을 하는 거지?' 그런 생각을 하면 노를 젓던 손에 힘이 빠져나간다. 하지만 헉은 짐이 기뻐하던 모습을 잊을 수가 없었다. 낡은 웃옷을 벗어 헉에게 깔아주던 것과 강에서 둘이 같이 별을 바라보던 것을 잊을 수가 없었던 것이다. 마지막 순간에 헉은 짐을 배신하지 않기로 결심한다. 그때 헉이 한 말이 있다.

'지옥은 내가 간다!'

오오에 켄자부로오가 아이를 살리고 다가올 일을 어떻게든 감당하기로 결심하면서 생각한 문장이 바로 '지옥은 내가 간다'였다. 그런 선택을 한번 하고 끝낸 것이 아니다. 오오에 켄자부로오는 인생에서 뭔가를 선택해야 할 때마다 '더 힘든 쪽'을 선택해버리고는 '지옥은 내가 간다'를 되뇌면서 뒤도 돌아보지 않고 자기 길을 갔고 그것이 삶에 일관성, 혹은 방향성을 줬다고 말했는데 나는 오오에 켄자부로오의 이 생각에 참으로 큰 충격을 받고 말았던 것이다.

왜냐하면 나도 『허클베리핀의 모험』을 읽었고 '지옥은 내가 간다'를 어렴풋이는 기억하고 있었다. 그러나 그 말을 내 삶에 붙이지는 못했다. 폴 발레리가 테스트 씨의 입을 빌려서 말한 것처럼 어려운 것은 '발견을 자신에게 합치는 것' 바로 그것이었다.

혁이나 오오에의 생각은 지옥이라는 개념 자체를 바꾸었다. 천국 같은 지옥이 있고 지옥 같은 천국이 있다는 것을 알게 했다. 그러나 그 순간 내게 더 중요하게 다가온 것은 다른 것이었다. 즉, 누군가 책의 문장을 되뇌면서 인생의 방향성을 정한다는 바로 그 사실이었다. 너무나 놀라웠다. 그렇게 되면 미래는 더이상 알 수 없는 미래가 아니라 예측 가능한 미래일 수 있다. 적어도 내가 어떤 선택을 하고 어떤 행동을 할지, 어떤 행동은 하지 않으려 할지, 어떤 경향성을 가지고 살지는 알 수 있는 미래일 수 있는 것이다. 그것을 안다면 나 자신에 대한 믿음을 가진 사람이 될 수 있을 것 같았다. 어떤 일이 벌어질지 몰라도 어떤 일이 벌어지든 휘둘리고 있지만은 않을 수 있을 것 같았고 삶을 우연의 연속으로만 만들지 않을 수 있을 것 같았다. 미래는 발생하는 것이 아니라 만들어볼 수 있는 것처럼 느껴졌다.

지금 일어나는 일 중에서 가장 바람직한 것으로 미래를 만들어보는 것이 구원이란 것을 알고 있는 나는 그날 혈안이 되어서 가장 좋은 문장을 찾아서 그동안 내가 읽은 책들을 모두 다 뒤집어볼 기세가 돼버렸다. 내게도 인생의 한 문장이 있었으면 좋겠다는 생각이 들었다. 그것을 입속에 넣고 되뇌면 될 것 같았다. 오오에 켄자부로오는 그 정도로 책 속 한 문장의 존재에 대해서 완전히 다른 방식으로 생각하게 만들었던 것이다. 그날부터 책 속 한 문장은 예언이자 신탁, 단테의 베아트리체요, 신데렐라의 마술 주문 '비비디 바비디 부'요, 미래를 향한 황금열쇠 같아 보였다.

'희망은 이빨 사이에 깨무는 희망이어야 한다'는 존 버저의 말을 이해한 것도 그날이었다. 좋은 책은 꽉 물고 있어야 한다. 그전에도 책은 읽었지만 그날부터 내게 책 읽기의 의미는 더욱 명백해졌다. 뭐랄까, 교양이나 지식이 아니라 삶을 위한 실질적이고 구체적인 준비였다. 책 읽기는 삶을 위한 성스러운 입문 의식이나 다름없었다. 우리는 자신도 모르는 수많은 의도를 가지고 책을 읽는 것이다.

이렇게 책은 나에게는 삶을 위한 무기가 되어버렸다. 많은 시간이 흐른 뒤 돌아보니 언제나 빛나는 무기였다. 책은 내게 놓치지 말아야 할 것을 손에 꼭 붙잡고 있다는 행복감을 줬다. 책을 읽으면서 내가 겪은 쓰라린 일들을 남들도 겪었을 뿐만 아니라 그 말 못할 가슴앓이를 놀라울 정도로 아름답게 바꿔놓을 수 있다는 것을 알게 되었다. 그래서 책은 세계와 내면, 과거와 미래를 동시에 볼 수 있게 우리를 돕는다. 나의 부족한 점을 타인의 진실한 마음에서 찾아 채울 수 있도록 돕는다. 우리의 삶이 누군가의 꿈이란 것을 알게 해준다.

이 지상에는 책에 대한 사랑과 우정만 있는 것은 아니다. 삶에 대한 사랑과 우정이 있고, 그리고 동료 인간과 인간 아닌 생명체들에 대한 사랑과 우정이 있다. 각자는 각자가 사랑하는 그 무언가를 가지고 있다. 그것이 지상에 존재하길 멈춘 적은 한번도 없다. 우리가 가장 잘 움직일 때는 언제일까? 사랑과 우정에 의지할 때인가, 돈에 의지할 때인가? 아무래도 돈에 의지할 때인 것 같다. 어느 날 나의 이런 생각이 아무 근거 없는 것으로 밝혀져 나는 무시무시한 철퇴를 맞고 지옥에 떨어져 화염불에 휩싸이면 좋겠다. 그럼, 나는 그곳을 내 스타일의 지옥으로 알고 기꺼이 응분의 댓가를 치르고 웃으면서 지내겠다. 그러나 아직 내 눈에는 사랑과 우정, 아름다움, 기쁨을 통해서 가볍게 살 수는 있으나 사랑, 우정, 아름다움, 기쁨을 차가운 현실보다 더 가치 있게 여기면서 사는 것은 댓가를 치르는 일이란 것 또한 아는 사람의 품위와 우아함만이 고독하게 빛난다. 그들은 용감하게 선택하고 댓가는 치른다. 그러나, 아리스토텔레스의 말을 기억하자. 삶은 총합을 계산하는 것이 아니라 한폭의 그림을 그리는 것이란 것을. 그리고 지금 이 순간 헨리 데이비드 소로우의 말이 떠오른다. '어떤 경우에도 나를 지켜주는 근거는 사랑이다. 나의 사랑은 그 누구도 반박할 수가 없다. 이에 근거해서 나를 만나라. 그러면 나도 강한 사람인 것을 알게 될 것이다. 남이 나를 비난하거나 나 스스로 나 자신을 부정하는 순간마다 나는 지체 없이 이렇게 생각한다. 무언가를 사랑하는 나의 정신에 의지하자.' 지금 나의 마음이 그렇다. 비록 사는 것은 잘 못해도 사랑만은 잘해내고 싶다.

일시적인 기쁨을 근본적인 기쁨으로

2017년 아주 아름다운 일몰을 한강에서 봤다. 일몰의 순간인데 난데없이 희미한 무지개가 나타났다. 무지개는 구름 속에 살짝 비친 색동저고리처럼 일부분만 보였다. 친구와 나는 강변 난간에 몸을 기대고 무지개가 완전히 사라질 때까지 눈을 떼지 않고 바라보았다. 그 순간 그 자리에 그렇게 있었다는 것이 기뻤다. '이런 뜻밖의 행운이 있다니……' 그 아스라한 풍경 속에서 나 자신을 재발견하고 싶었다.

그때 페르난두 뻬소아가 한 말이 떠올랐다.

'잿빛 구름 위 하늘의 찬란한 황금색은 나를 황금빛 휘장으로 감싼다. 황금빛으로 물들이는 것은 무엇인가? 진실이 거짓의 파편들을 에워싸는가?'

나는 이 문장에 넘칠 듯한 우정을 느낀다. 이 문장을 떠올리면 내 눈에 내 모습이 보인다. 황금빛 일몰 아래, 아직 세상에서 어떻게 목소리를 내야 할지 모르는 한 사람, 그날 하루치의 파편인 내가 서 있다. 문제는 그 가련한 사람은 하필이면 일몰이, 그리고 저녁 하늘이, 살며시 이동하는 구름이, 금방 사라져버릴 것만 같은 무지개가, 쉴 곳을 찾아 거대한 하늘 아래를 날아가는 작은 새가, 또 그밖의 많은 것들이 눈부시게 아름답다는 것만은 알고 있어서 어리석은 마음에도 기쁨과 감동에 젖은 한숨을 쉬고 만다는 바로 그 점이다. 파편의 가슴속에도 자연처럼 깨끗하게 사랑할 수 있는 세상과 삶에 대한 추구가 있었고, 가짜 안에 알고 싶어하고 느끼고 싶어하는 황금빛 열정이 진짜로 있기는 했던 것이다.

집에 돌아와서 찾아보니 내가 한강에서 본 것은 무지개가 아니라 무지갯빛 구름, 채운이었다. 그런 구름이 세상에 있다는 것을 처음 알게 되어서 더욱 기뻤다. 우리는 삶이 생각대로 되기를 원하지만 생각지도 못한 것, 뜻밖의 것을 만나면 더 기쁠 수 있다. 그날 나는 오래오래 기뻐

했다. 가슴이 뛰고 즐거웠다. 아름다운 것을 봤기 때문이다. 우리는 그렇게 덧없는 것을 얼마든지 기쁨과 꿈의 재료로 삼을 수 있다. 한때 느꼈던 기쁨을 조금 더 오래가는 기쁨으로 만들어볼 수도 있다. 책 읽기에 적용되는 원리도 같다. 책에서 읽은 것을 현실에서도 만들어보려고 시도하면서, 책을 읽기만 하는 것이 아니라 책을 살아내려고 하면서, 마치 사랑이 한순간의 꿈이 아닌 것처럼 감동과 깨달음을 한순간의 일로 만들지 않을 수 있고, 일시적인 기쁨을 오래가는 기쁨으로, 우연을 필연으로 만들 수있다.

발레리의 테스트 씨가 '가장 미약한 기쁨을 가장 강인한 기쁨으로, 일시적인 기쁨을 근본적인 기쁨으로, 근본적인 기쁨을 희망으로' 삼으려 했듯이 말이다.

매일밤 책을 읽는 독자인 내가 한 일은 책을 읽는 자세를 삶에도 대입해본 것이었다.

독자들은 이것은 어떤 책일까, 책장을 이리저리 넘겨본다.

나는 내 삶의 여러 페이지를 유심히 살펴본다.

독자들은 오늘은 여기까지 읽고 자야겠다,라고 생각하고 잠이 든다.

나는 오늘 알게 된 지혜를 기억해둬야지! 생각하면서 잠 속으로 빠져든다.

독자들은 어느 페이지에서든 중단된 페이지에서 다시 읽기를 시작한다.

나는 인생의 모든 페이지에서 이야기를 시작할 줄 알아야 한다고 생각한다.

독자들은 아무것도 적혀 있지 않았던 새하얀 페이지 위로 무궁무진한 이야기가 펼쳐진다는 것을 안다.

나는 꿈꿔본다. 나도 하얀 페이지가 될 수 있을까? 들어본 적 없는 이야기를 위해.

좋은 책을 읽은 독자는 멍해진다. 말문이 막히고 머리가 하얗게 된다. 잠시 아무 생각도 들지 않는다. 비우고 채운다. 그렇게 자신을 비우면서, 새로운 것으로 채우면서 우리에게 좋은 일이 벌어진다. 처음에는 눈으로 읽지만 두번째는 삶으로 읽으면서 가까운 미래에 전에는 할 수 없던 일을 할 수 있게 되더라도 전혀 놀랄 것이 없다고 말해주고 싶다.

좋은 책은 좋은 친구나 다름없다. 장 자끄 쌍뻬는 우리는 고독하지만 그러나 친구가 있어서 균형을 잡고 멀리 갈 수 있다고 했다. 책도 그런 친구와 같다. 그 이유는 간단히 정리해봐도 이렇게 많이 떠오른다.

좋은 책은 그 글을 읽기 전과 읽은 후의 세상이 달라 보이게 한다.

좋은 책은 인간은 비탄, 슬픔, 고통에 침몰하는 것이 아니라 그것을 재료로 뭔가—비탄, 슬픔, 고통을 다른 일로 바꾸는 일, 이를테면 시 또는 한편의 글—를 만들고 있는 중이란 것을 알려준다.

좋은 책은 있는 그대로의 현실을 확대, 반복, 재생산하는 것이 아니라 있어야 할 세상에 대해서 말하려고 애쓴다.

좋은 책은 어디선가 진실은 이야기되고 있다는 것에

대해서 민감하게 만든다.

좋은 책은 문제와 사태를 다루는 데 있어 내 방식과는 다른 방식이 있다는 것을 알게 하고 사태를 보는 다른 눈, 제3의 눈을 가질 수 있게 나를 돕는다.

좋은 책은 다른 사람의 생각 속에서 장차 내 생각이 될 것을 찾아내고 다른 것을 느끼도록 자극하고 다른 일을 해보도록 격려한다.

좋은 책은 누군가 이미 용기를 냈었다는 것을 알게 해준다.

좋은 책과 만나는 어떤 특별한 순간, 서러운 마음도 자아도 사라지고 '이건 진짜다, 진짜 멋지다'라는 마음과 가벼운 한숨, 벅찬 가슴만 남는다.

톰 쏘여는 하루 종일 페인트칠을 하라는 벌을 받는다. 그때 톰 쏘여는 꾀를 냈다. 페인트칠이 세상에서 제일 재미있는 일인 것처럼, 휘파람을 불면서 보란 듯이 칠한다. 잠시 후 친구들은 페인트칠을 하고 싶어서 안달이 났고 페인트를 칠할 기회를 얻기 위해 톰 쏘여에게 각자가 가진 가장 소중한 보물들을 바친다. 그렇게 해서 해 질 무렵 톰 쏘여는 이런 것들을 가지게 되었다. 아무 데도 맞지 않은 열쇠 하나, 분필 한도막, 유리병 마개, 양철 병정, 올챙이 두마리, 놋쇠 손잡이, 공깃돌 열두개, 죽은 쥐 한마리. 남들 눈에는 하찮은 것들일지 모르나 톰 쏘여에게 행복감을 주는 불완전한 목록들.

나도 궁금하다.

이 세상의 무엇이 알까? 내가 어떤 순간 행복했었음을.

무엇이 알까? 내가 사랑할 줄 아는 사람이었음을.

무엇이 알까? 내가 한때 세상에 존재했고, 힘을 내려고 했고, 더 나은 인간이 되고 싶다는 오래되고 자신을 한심하게 여기기 딱 좋은 주제에 골몰했었음을.

그리고 발견한다.

아! 그래, 나의 손때가 묻은 책들이 있지!

그 책들 중 일부분을 당신과 불완전하게나마 나누어보려고 한다. 당신에게도 이 책들이 무기가 된다면 정말 기쁠 것이다. 머리가 인간의 몸 중 가장 높은 곳에 있는 이유는 희망, 기쁨, 사랑, 우정을 배우기 위해서다.

그렇게, 나, 당신과 함께 힘을 내고 싶다.

1장

·
·
·

사는
맛

구별하기 시작할 때
사는 맛이 난다

『하드리아누스 황제의 회상록』에서 황제는 자신이 원한 것은 철학이 아니라 기술이었다고 말했다. 말을 훈련시키는 것과 같이 자신을 훈련시켰다고 한다. 황제가 그렇게 한 이유는 자신을 받아들이고, 자신의 자유를 누리고, 자기 몫의 삶을 당당히 만끽하기 위해, 그리고 신께서 도우신다면 자기 자신으로 죽기 위해서이다. 그런 삶이 가능하다면 그렇게 좋은 일을 하루라도 늦출 이유는 없을 것이다.

황제가 훈련한 삶의 기술 중 가장 기억에 남는 것은 이런 것이다.

'(자신에게) 극단적으로 요구하고 조심스럽게 양보하는 것.'

'복종과 반항의 조화를 이루는 것.'

책을 읽고 가만히 생각해보니 나는 황제와는 딱 반대되는 스타일이었다. 나 자신에게 거의 요구는 하지 않고 양보는 대폭했다. 게다가 복종과 반항은 조화를 이루지 못하고 삐거덕댔다. 무엇에 복종하고 무엇에 반항해야 할지 늘 헷갈렸다.(가끔 거꾸로 한다. 반항해야 할 일에 복종하고 복종해야 할 일에 반항한다.)

결국, 내게 가장 부족했던 삶의 기술 중 한가지는 구별 능력이었다.

충동과 선택은 다르고 딴죽걸기와 비판적 사고는 다르고 트집과 저항은 다르고 실망과 절망은 다르고 억압과 자기절제는 다른 것이다. 둔감함을 초연함이라 하고 어떤 갈등도 피하느라 자기도 지키지 못하는 것을 착하고 성격이 좋다고 하면 곤란하다. 그저 그렇게 산 것을 평화로운 삶이라 부르고 게으름을 아무것도 하지 않을 권리라고 부르고 가졌던 꿈을 포기하는 것을 철들었다고 부르면 곤란하다. 나르시시즘과 자기발견을 구별하지 못하고 자기

만족과 자기를 좋아하는 것을 구별하지 못해도 곤란하다. 내가 남과 다르다는 것을 남에게 보이는 것을 개성인 줄 알아도, 우리의 허영심을 충족시키지 못한 것을 문제가 많은 상황이라 불러도, 자신의 심리상태를(일시적 감정, 흥분상태를 포함해서) 보편적, 윤리적 기준인 것처럼 주장해도 곤란하다.

그렇게 될 때 마음은 자유롭기는커녕 뭔가 석연치 않거나 께름칙하기만 하다. 에이드리언 리치는 유연함이 없으면 지옥이라고 했지만 또다른 지옥도 있다. 구별 능력이 없는 지옥이다.

> 우리의 평범함이 과도하게 칭찬을 받고,
> 나태함이 금욕으로 읽히고,
> 헤픈 생각이 직관으로 치장되고,
> 모든 실수가 용서되는 것을요, 우리가 지은 죄라면
> 그저 너무 대담하게 그림자를 드리우거나
> 그 틀을 완전히 깨부수려고 한 것이라고나 할까요.
> ──에이드리언 리치 「며느리의 스냅사진들」 중에서

안다는 것은 구별할 수 있다는 것이고 까다롭게 차이점을 식별할 수 있다는 것이다. 자아를 비롯해서 모든 것이 지나치게 중요하거나 지나치게 하찮아진 세상에서 구별 능력을 갖는 것이 쉬운 일은 아니다. 그러나 한번 잘못 말해보고 잘못 봤다는 것은 분명히 중요한 계기가 된다. 나의 경우에는 사달이라도 나지 않으면 제대로 생각하지 못한 경우가 한두번이 아니다. 데까르트는 '나는 생각한다. 고로 나는 존재한다'고 했지만 나의 경우는 '나는 잘못 생각했다. 나는 존재를 지우고 싶다'인 경우가 태반이었다. 그러나 조금이라도 고칠 수 있을 때 크게 고무되었던 것도 사실이다.

모든 변화는 그동안 잘못 봤고 잘못 말했다는 것을 깨닫는 것과 관련이 있다. 시행착오를 겪고 실수하고 만회하는 것이 우리가 하는 일이다. 정확해지는 것은 쉬운 일은 아니지만 확실히 즐거운 일이다. 이것을 이제라도 알게 되어서 천만다행이야! 마음의 평화와 안도감이 밀려온다.

자신을 해방시킬 말을 찾아낼 때
사는 맛이 난다

내친김에 언어에 대해서 조금 더 말하자면 요즘은 시시각각 언어가 변하는 바람에 『이상한 나라의 앨리스』에서 앨리스가 느낀 공포를 나도 느낀다. 앨리스가 떨어진 이상한 나라에서는 아이가 재채기를 하면 욕을 하면서 몹시 때려준다. 여왕은 마음에 들지 않으면 "저년 머리를 잘라버려, 일분에 한번씩"이라고 소리를 지른다. 나도 내 머리가 붙어 있을까 목이 서늘할 때가 있다.

언어는 마치 돈과 같은 속성이 있다. 언제나 다른 것으로 바꿔놓을 수 있다. 이 말을 다른 말로 바꿔치기할 수 있고, 그런 세계에서는 가해자를 희생자로 희생자를 가해자로 바꿔치기할 수도 있다. 문제를 불필요하게 꼬아놓을 수 있다. 특히 지금처럼 죽기 살기로 서로 못 잡아먹어서 안달인 세상에서는 말이 칼이 된다.

페소아의 스승 까에이루는 '나는 무엇이든 내가 보는 것과 크기가 같다'고 했다. 이 구절을 읽은 페소아는 '이 문장은 새로운 별자리가 가득한 하늘을 볼 수 있는 능력을 내게 준다. 위대한 정신의 힘. 나는 그것에 기초해서 모든 감정을 느낀다'고 했지만 나는 때때로 가슴 아리게도 그 반대로 한다. 인간은 자기 키 높이만큼만 볼 수 있어서 자기 키가 낮을 때 상대방도 별 볼 일 없다고 생각한다. 그러나 상대방을 보는 시선은 나를 보는 시선과 다를 수 없다. 내가 나를 보는 시선도 상대방에게 투사된다. 자신이 진실하지 않으면 타인도 진실하지 않다고 생각한다. 돈과 이해관계만 믿는 사람들은 다른 가치를 믿는 사람들을 폄하하는 말을 하게 마련이다.

그뿐이 아니다. 말을 바꿔치기하면서 우리의 주의를 분산시키려는 사람들이 있다 그들은 세상을 이해하는 것이 아니라 자신의 이해관계 때문에 세상을 왜곡한다. 보르헤스식 표현대로 하면 이런 사람들의 신성은 제로에 가깝다. 이것이 비본질주의다. 비본질적인 문제에 관심이 쏠

리게 되면 상황을 낫게 바꿀 수도 있는 변화를 시도하는
것은 상당히 어려워진다.

잭 런던의 책에서 프랭크 캐빌라라는 남자가 법정에
섰다. 당시 신문은 이렇게 보도했다. "그는 잘생긴 남자
다. 검고 표정이 풍부한 눈, 품위 있고 윤곽이 또렷한 코와
턱." 그는 어떤 일을 저질렀을까? 그는 원래 일 잘하고 착
실하고 온화하고 자애로운 남편이었다. 그의 아내는 쾌활
하고 아름다운 여자였다. 아이들은 단정했다. 그러던 그가
어느날 일자리를 잃었다. 자기 잘못 때문은 아니다. 그는
18개월 동안 안정된 일자리를 구할 수가 없었다. 그가 온
갖 임시직을 전전했어도 아내와 네 아이들이 눈앞에서 굶
고 있었다. 11월 어느날 아침 일찍 그는 주머니칼을 꺼내
아내의 목을 베고 열두살 난 아이의 목도 베고 여덟살 아
들의 목, 네살 딸의 목도 벴다. 16개월 막내의 목도 벴다.
그리고 저녁에 경찰이 올 때까지 그는 하루 종일 시체 옆
에 앉아 가족들을 지켜보았다. 경찰들이 오자 그는 불을
켜려면 가스계량기 입구에 일 펜스를 넣어야 한다고 말해

주었다. 법정에 섰을 때 그는 낡은 회색 양복을 입고 있었는데 칼라가 없었다. 프랭크 캐빌라와 달리 멀쩡한 옷을 입은 기자들은 그는 잘생긴 남자라고 썼다.

이것이 바로 비본질주의다. 그가 잘생긴 것이 그가 살인자가 된 것과 빈곤의 문제를 해결하는 것과 무슨 관련이 있는가? 워즈워스의 말대로 세계를 합리적으로 이해할 수는 없지만 지성을 희생할 필요는 없다.

어떤 말은 말하는 사람 자신의 힘까지도 뺏어버린다. 나의 경우 나에게 가장 관심이 없는 것은 과거의 나다. 인생의 한때 삶에 대한 아무런 질문도 없었다. 그냥 남들이 사는 대로 살면 되는 줄 알았다. 질문이 없었기 때문에 가장 중요한 문제에서조차 멍청한 대답을 하거나 가장 무난해 보이는 남의 생각과 말을 따라했다. 나의 정체성은 앵무새였다. 그러나 아무 말이나 막 하는 것도 힘든 일이었다. 아침에 왜 일어나는가 같은 질문이라도 했었어야 한다고 생각한다. 그때는 나 자신에게 충실했더니 아주 진부한 한 인간이 나타났다. 지금도 너 자신에게 충실하라는 말을 아주 무서워한다. 있는 그대로 받아들여달라는 말도 무서워한다. 남들이 나를 있는 그대로 받아들여주었을 때 나는 괴물은 아니었지만 애물단지였을 것이 틀림없다.

그러나 이제는 안다. 말은 깊숙한 내면, 다른 사람의 눈에는 보이지 않는 기준에 맞춰져 있기 마련이라서 내적 태도가 없는 말들은 공허할 뿐이라는 것을 안다. 질문이 없다면 대답도 없고, 질문이 있다면 더 나은 대답은 가능하다는 것 또한 안다. 그리고 또 아는 것이 조금 더 있다. 내가 하는 말들이 공허할수록 내 삶도 그렇게 진행된다는 것이다.

우리에게 일어나는 일은 우리를 닮고 우리의 삶은 우리 내면을 따라 흘러간다. 특히, 흔히 우리가 일상적으로 사용하는 말은 우리 마음의 전제조건이다. 그러나 우리가 편안하게 쓰는 많은 말들이 우리를 현실에 묶어두고 말하는 사람 자신조차 외롭게 한다. 다양성을 말하지만 우리가 하는 많은 말들은 다르게 생각하는 사람들이 있다는 것을 전혀 믿지 않는 것처럼 보인다.

그러나 자신의 고운 목소리로 하찮은 것만을 말한다

면 얼마나 굴욕적이겠는가.

다행히 책은 말로 이루어진 지상낙원이다. 그 지상낙원에서 나 자신을 위해 따온 언어의 열매에는 이런 것들이 있다.

| 보기 | **혼돈의 말**
　　　　혼돈에서 해방감으로

현실이 그래. 그게 세상의 이치야.
그러나 그때는 현실의 이름으로 무엇을 없애버리려 하는가를 살펴볼 수 있어야 한다.

다 잘될 거야.
사상 최악의 허무맹랑한 말. 아무런 근거도 없는 말. 너라면 뭐든 할 수 있어!와 쌍벽을 이루는 비현실적인 말. 희망이란 무엇이든 이뤄줄 거라고 착각하게 만드는 낙천적이고 순진한 말. 저절로 잘되는 것은 없다.

사람 다 똑같지 뭐. 별 수 있나?

사상 최악의 평준화. 자기를 합리화하기 위해 다른 인간도 끌어내리는 말. 말한 사람이 아무런 구별 능력이 없다는 자백으로서만 쓸모 있는 말. 차라리 이에 비해선 '사람 다 저마다 다르지'가 관대한 말.

그래 봤자 아무런 차이도 없어.

사상 최강의 허무주의, 천국도 무너뜨릴 허무주의. 우리의 행동이 아무런 차이도 만들어내지 못한다고 생각하는 사람에게, 그 덕에 열정도 호기심도 없는 사람에게 오늘과 내일은 아무런 차이가 없고 세상은 함정일 뿐이다. 이와는 반대로 용기를 끌어모아 약간의 차이라도 만들어보려고 한다면 그다음 우리는 훨씬 자유롭고 행복하다고 느낄 것이다.

내가 뭘 할 수 있겠어요.

선택의 자유로부터 퇴행하고 싶은 마음.

현실은 안 변해.

사상 최악의 근거 없는 믿음. 현실이 앞으로도 지금 그대로일 것이라는 말인데, 말하는 사람이 보는 눈도 없다는 증거. 헨리 데이비드 소로우는 인간에게는 아주 커다란 결함이 있는데, 그 결함은 어떤 상황을 변할 수 없는 것으로 설정하고 그 상황에 자신을 그대로 놓아두는 것과 관련 있다고 생각했다.

세상은 다 썩었어.

현대 생활의 모든 편리함을 누리고 있으면서, 특히 다른 사람의 고독과 투혼으로 이룬 것을 누리고 있으면서 쉽게 해버릴 말은 아니다. 썩어빠진 수많은 것이 있을 뿐이다. 우리에게도 있는 단점을 무럭무럭 키우면 썩은 세상과 크게 다르지 않다. 에이드리언 리치는 이렇게 말했다. '세상은 썩었다고 너는 말한다. 마치 우리는 그렇지 않은 듯이.'

잊지 말자. 자신에 대한 믿음이 없는 사람은 냉소주의를 통해서만 무기력을 이겨낼 수 있다는 것을.

우리는 세상이 썩었다는 것을 개탄하느라 썩지 않은 세상에 대한 책임과 해야 할 일은 덜 이야기한다. 나 자신은 남의 흉이나 보고 있을 만큼 오만하지 않기를 바란다.

사는 게 다 그렇지 뭐.

결론부터 제시하는 말. 결국 아무것도 하지 않게 만들 위험이 있는 말.

이 고통도 언젠가는 잊히리.

이것이 위로 또는 희망이라면 위로 중 가장 싱거운 위로, 희망 중 가장 맥 빠지고 씁쓸한 희망이다. 왜냐하면 다른 고통들이 대기 중이니까.

어떤 고통은 시간이 아무리 흘러도 절대로 사라지지 않고 오히려 더 생생해진다. 희망은 그와 같은 것이 아니다. 누군가 아무리 많은 시간이 흘러도 결코 사라지지 않는 큰 고통을 안고서 힘을 내는 것, 그것이 '희망'이다.

세상에 대한 관심을 끊기로 했어요.

　현실화되기 불가능한 말이다. 누구도 완전히 고립되어 있을 수 없다. 아무것에도 관심을 두지 않기란, 아무 일도 하지 않기란 불가능하다. 이렇게 말하는 사람에게 힘이 있다는 것이 세상의 비극이다. 그동안 무엇인가 하려는 사람은 그의 꽉 닫힌 마음을 열려고 무진장 애를 써야 한다. 무엇에든 자신은 더이상 상처를 받지 않아야 한다고 생각하는 사람이 둔감하게 고집을 부리는 동안 무엇인가 해보려는 사람은 죽도록 고생을 한다.

　그렇다면 세상에 대한 관심을 끊기로 한 사람은 최종적인 승자일까? 아니다. 수없이 많은 것을 잃는다. 왜냐하면 삶은 절대 혼자서는 구축할 수 없으므로 세상에 대한 관심을 끊는 것은 건강한 자아를 형성할 수 없게 만든다.

　착하게 살아라.

　'착취는 기본'인 세상에서는 위험한 말. 착하게 살

되 이기적일 수 있어야 한다. 이기적이되 자기중심적
이지 않을 수 있어야 한다.

　알고 보니 실망스럽더라고.
　타인도 진실도 순백색 다이아몬드가 아니다. 타인
과 진실은 미세먼지와 황사가 많은 공기, 정화시키고
증류시킬 필요가 있는 공기, 불순물을 걸러내고 마셔
야 하는 물과도 같은 것.

　사람들에게 실망했어.
　남들의 위선과 결점에 대해 가차 없는 것은 좋지만
타인을 이상화할 필요는 없지 않을까? 남들에게 기대
했던 것만큼 나에게 기대했더라면 좋았을 텐데⋯⋯

　나에게도 상황이란 게 있잖아.
　너의 상황과 나의 상황이 달라도 공유된 뭔가가 존
재하지 않는다면, 상황이 어떻든 서로 지킬 것이 아
무것도 없다면 폭력이 난무하는 황량한 세계가 될 것

이다.

네가 자초한 일이야.
자업자득이라는 말이 질책으로 쓰이는 것은 세계에 불의가 존재한다는 것. 질서가 얼마나 문제덩어리인지 바로 그 문제를 덮게 된다.

우리 모두는 쓸쓸한 개인에 불과하다.
남들에게 아무런 도움도 영향도 받지 않는 사람이 있다니, 신비스러운 생각이다.

범사에 감사하라.
안주하라는 말이 아니다.

기분 전환하자.
뭘 해도 기분이 잘 전환되지 않는다면 그때는 기분이 아니라 내가 변해야 할 때다.

너 자신이 되어라.

이제부터 내 인생을 살아야지, 이제는 눈치 보지 말고 살아야지, 누구에게도 휘둘리지 말아야지, 소위 미움받을 용기를 내야지, 결심한 사람 앞에 도사리고 있는 한가지 함정이 있으니 바로 전면전이다. 너무나 반기를 들고 자신을 옹호하기로 마음먹은 나머지 무엇을 받아들이고 어디에 순응해야 할지 알아채기가 힘들다.

과거에서 아무것도 배우지 못한다면 우리는 똑같은 잘못을 또 저지르게 된다. 자기 자신이 되는 것과 완고하고 폐쇄적인 고집불통의 세계에 갇힌 사람이 되는 것은 한끗 차이다. 저항은 필요하고 늘 세상의 누군가는 말할 수 없이 의미있는 저항을 하고 있지만, 모조리 다 저항하는 순간 완전히 '무'가 되는 수가 있다. 나 자신이 되었다고 느낄 수는 있지만 별 소득 없는 승리가 될 수 있다.

'너 자신이 되어라'라는 말은 매사에 너 자신의 뜻과 주장을 관철하라는 말이 아니라 주체적이고 독립적으로 생각하고 선택할 수 있어야 한다는 말이고 자신의 운명에 잘 개입하는 법을 알아내는 것과 관련이 있다.

　개인의 취향인데 뭐⋯⋯
　아무리 중요한 일도 개인의 취향일 뿐이라고 하면 나와는 관계없는 문제로 만들어버릴 수 있게 된다.

　세상은 원래 그런 거야.
　다른 사람이 비참하게 거리에 내몰리고 쫓겨나도 유지되어야 하는 원래 그런 세상은 없다. 장애물은 우리의 선택이 세우는 것이지 운명이 세우는 것이 아니다. 베토벤의 말을 따르자면, 아름다움을 위해서 파괴하지 못할 것은 아무것도 없다.

　긍정적으로 생각해. 너무 부정적이면 다른 사람들이 힘들어져.
　대부분의 긍정 마인드는 부정적 측면을 정당화하

는 데 이바지할 때 가장 눈부신 역할을 한다. 언제 어디서나 도움이 되는 생각은 부정적인 현상에서조차 가치 있고 긍정할 만한 것을 분별하고 구해내는 것이지 부정적인 것을 두 눈 딱 감고 좋게 생각하는 것은 아니다. 중요한 것은 경솔한 긍정론자나 비관론자가 아니라 현실주의자가 되는 것이다. 누가 더 현실을 직시하는가 문제다. 그 현실은 참으로 긍정하기 어려운 것투성이라고 생각하는 사람과 그렇지 않은 사람이 있다. 현실은 견딜 만하다고 생각하는 사람과 못 견디겠다고 생각하는 사람이 있을 뿐이다. 그러나, 아무리 생각해도 그것까지 받아들이면 더 이상 내가 아닌 것 같은 그런 일은 무수히 많다. 그 현실 속에서 우리는 때로는 정말로 아무 일도 못하고 아무것도 막을 수 없다. 하지만 늘 아무 일도 할 수 없는 것은 아니다.

한방에 훅 간다.

아니다. 한방에 훅 가지 않는다. 수많은 시간 서서히 이루어진 것이다. 헨리 데이비드 소로우의 말을 빌리자면 지켜보는 이도 없고 상벌도 없는 평범한 나날 속에서 우리가 어떻게 먹고 마시고 잤으며 작은 시간들을 어떻게 쪼개 썼느냐에 따라 앞으로 우리에게 어떤 권위와 능력이 주어질지 정해진다. 지켜보는 이도 없고 상벌도 없는 평범한 나날을 내가 어떻게 썼는지는 결국 표면에 떠오른다. 마치 한방에 훅 가는 것처럼 떠오른다.

요새 애들은 게을러.

노동이 아니라 속박을 거부하는 것일 가능성은 없을까?

창조적이어야 해.

그러나 최선을 다해 일상의 모든 재료들을 끌어모아 돈으로 바꾸는 것이야말로 가장 덜 창조적이다.

상투어를 아무 때나 진부하게 남발한 결과는? 우리 시대에 꼭 맞는 진부한 사람이 되어간다. 나의 정체성은 새로운 것 하나 없이, 관찰력도 나에 대한 애정도 없는 타인이 나를 보는 것에 딱 맞아떨어지게 그대로 되어간다. 아리스토텔레스는 할 수 있는 한 자신 안에 있는 최선의 것을 따라 살라고 했지만 안을 들여다보면 최선의 것이 아니라 겁으로 가득 차 있다는 것을 발견할 때가 있다. 만화 속 말풍선에 들어감직한 나 자신과의 물밑 대화는 상투어와 겁 사이의 왕복운동에 불과할 때가 있다. 그러나 까뮈가 말한 것처럼 늙을수록 우리는 우리를 자유롭게 해주는 사람과 살아야 할 필요가 있는 것처럼, 우리는 살아내야 하고 기쁨을 정당화하는 말을, 자신만의 성찰을 찾아내야 한다. 나는 까뮈의 말에 한가지를 더하고 싶다. 자신을 춥고 어두운 감옥에서 해방시킬 열쇠가 될 단어를 찾아내야 한다. 마야꼽스끼는 '나는 말의 위력을 안다. 인간은 영혼과 입술과 뼈로 살아 있으니까'라고 했는데 나도 마야꼽스끼처럼 말의 위력을 알아가고 있다. 우리가 가치를 둔 단어에 다양한 현실이 따라 붙는다는 느낌을 떨칠 수가 없다.

더 강해질 수 있는 방법을 찾았을 때
사는 맛이 난다

　루쉰의 첫 소설집 제목은 '외침'이다. 그가 『외침』을 쓴 배경을 말해주는 한 단어가 있다. '적막감'. 루쉰이 말한 적막감은 이런 것이다. '낯선 이들 속에서 혼자 소리를 질렀는데도 아무런 반응이 없다면, 다시 말해 찬성도 반대도 하지 않는다면 아득한 황야에 놓인 것처럼 어떻게 손을 써볼 수가 없다. 이는 얼마나 슬픈 일인가? 그리하여 내가 느낀 바를 적막이라 이름했다.'

　적막은 나날이 자라나서 독사처럼 청년 루쉰의 영혼을 칭칭 감았고 루쉰은 이것을 떨쳐버리기 위해서 영혼을 마취시키는 방법을 택했다. 그뒤로 그는 옛 비문을 베끼는 일을 하고 살았다. 그때 루쉰처럼 적막감을 느끼던 친구가 그를 찾아왔다. 그리고 루쉰에게 글을 써보라고 했다. 루쉰은 이렇게 대답을 했다.

"가령 쇠로 막은 방이 하나 있다고 하세. 창문이라곤 없고 절대 부술 수도 없어. 그 안엔 수많은 사람이 깊은 잠에 빠져 있어. 머지않아 숨이 막혀 죽겠지. 하나 혼수상태에서 죽는 것이니 죽음의 비애 같은 건 느끼지 못할 거야. 그런데 지금 자네가 고래고래 소리를 질러 의식이 붙어 있는 몇몇이라도 깨운다고 하세. 그러면 이 불행한 몇몇에게 가망 없는 임종의 고통을 주게 되는데 자넨 그들에게 미안하지 않겠나?"

친구는 이렇게 대답한다.

"그래도 기왕 몇몇이라도 깨어났다면 철방을 부술 희망이 절대 없다고 할 수야 없겠지."

루쉰은 친구의 말을 듣고 이런 생각을 한다. '친구의 희망을 꺾어버릴 수야 없지. 나는 아직도 지난날 그 적막 어린 슬픔을 잊지 못하고 있지. 적막 속을 질주하는 용사들이 달릴 수 있도록 얼마간 위안이라고 주고 싶다. 내 젊은 시절처럼 아름다운 꿈을 꾸고 있는 청년들에게 내 안의 고통스러운 적막이라 여긴 것을 더는 전염시키고 싶지

않다.'

이 뒤로 이어지는 것이 그 유명한 루쉰의 글 「희망」이다. 루쉰은 젊은이들은 새로운 삶을 가져야 한다, 우리가 일찍이 경험하지 못한 삶을 가져야 한다고 말하며 이렇게 썼다. '희망이란 본시 있다고도 없다고도 할 수 없는 거였다. 이는 마치 땅 위의 길과 같은 것이다. 본시 땅 위엔 길이 없다. 다니는 사람이 많다보니 길이 되어버린 것이다.'

마음속 고통스러운 적막감을 더는 전염시키고 싶지 않다는 것은 '나도 해봐서 아는데……'와는 정반대되는 생각이다. 자신의 꿈이 실패한 것을 받아들이는 것과 그 것을 빌미로 자신도 꾸었던 꿈과 믿었던 가치를 폄하하는 것은 다른 문제다. 이것만으로도 대단한 출발이다.

『파우스트』에서 악마 메피스토텔레스는 수세기 동안 위력을 떨친 지옥의 언어를 말한다. '젊은이 자네도 나이 들어봐, 별 수 없을 걸. 세상은 변하지 않고 사람이 변하는 거야.' 어느 시대나 세상물정의 이름으로, 그 많은 지식과 경험을 거론하면서 타인의 힘과 희망을 꺾는 일이 고작다인 사람들은 흔하디흔하다. 이와는 반대로 강한 사람은 어느 시대나 타인에게 힘을 주고 희망을 지펴올린다.

나약한 사람은 어떻게든 남의 힘을 꺾고 에너지를 뺏는다.

약점을 바꾸느니 무기로 사용한다.

내가 너보다 더 힘들어! 그러니 내 말대로 해야 해. 힘듦을 도덕적 우월성의 근거로 내세운다.

자신의 무게를 남의 어깨에 척 하니 얹어놓는다.

타인을 축소시킨다.

인간정신을 빈약하게 한다.

마음은 그대로인데 말만 바꾼다.

강한 사람은 누가 봐도 지치고 쓰러질 충분한 이유가 있는데 그렇게 하지 않는다.

가장 고통스러울 때 가장 훌륭한 생각을 해낸다.

문제에서 출발해 새로운 것을 창조한다. 작은 희망도 포기하지 않는다.

상황이 어떻든 자신의 내면에서 더 나은 인간을 끌어

낼 줄 안다.

이미 일어난 힘든 일에 짓눌리지 않고 더 나은 일을 위한 재료로 쓴다.

자신을 바꾸고 싶다고 생각하고 그것을 위해 단련하고 자신을 바꾸는 싸움에서 영웅적이다.

자신의 무게를 남의 어깨에 올려놓지 않으려 애쓴다.

감상적이지 않고 연민과 동정에 기대지 않고 고통에 호소하지 않고, 최선을 다하되 기다리는 날이 오지 않을 가능성까지 받아들이고 지금 해야 할 일을 잘 해내려고 한다.

적응만이 아니라 변화를 말하고 대안을 만들려고 하고 그렇게 사는 삶이 가능함을 보여주려고 한다.

강한 사람 옆에 있으면 에너지가 낭비되지 않고 아주 많은 일들이 쉬워진다.

플라톤의 대화편에는 소크라테스의 죽음 장면이 나온다. 죽음의 날, 친구들이 들어오고 소크라테스는 침대에 앉아 있다. 쇠고랑은 풀려 있다. 소크라테스는 무릎을

문지르면서 쇠고랑의 무게가 느껴지지 않는 데 쾌감을 느낀다. "정말 이상해요. 쇠고랑이 나를 짓눌렀는데 그것은 일종의 고통이었어요. 지금 나는 안도감을 느끼는데 그건 쇠고랑이 없기 때문이에요. 쾌감과 고통은 정말 멋진 한 쌍입니다. 마치 쌍둥이 같아요."

이 장면을 읽은 보르헤스가 한 말을 잊기 힘들다.

"얼마나 멋진 말인가요? 그 순간, 그러니까 인생의 마지막 순간에 그는 자신의 죽음에 대해 말하는 대신 쾌감과 고통은 따로 뗄 수 없는 것이라고 말하고 있는 겁니다. 이것은 플라톤의 작품에서 발견되는 가장 감동적인 말입니다. 용감한 사람, 곧 죽음을 앞두고도 그 죽음에 대해 말하지 않는 사람을 보여주기 때문입니다."

죽음조차도 소크라테스에게는 영향을 미치지 못했다. 확실히 용기에는 어딘가 초연한 맛이 난다. 내가 이런 용기, 이런 의연함을 마음속에 간직한 사람이 될 수 있다면 수세기 동안 한번만 사는 나는 나의 삶을 다른 누구의 삶과도 바꾸고 싶지 않을 것이다.

세상의 압력에
찌그러지지 않는 방법

　에피쿠로스는 기원전 306년 아테나이에 여름정원을 구입한다. 그는 그곳에서 남은 삶을 살았고 동료들과 산책을 하고 우정을 나눴다. 죽을 때 그는 이런 말을 남겼다고 알려진다. '오늘이 내 인생 마지막 날이며 가장 아름다운 날이네. 고통스럽지만 우리가 과거에 나눴던 대화를 생각하면 영혼의 기쁨을 느낀다네.' 에피쿠로스는 삶은 불행하므로 기쁨을 소홀히 하지 말라고 했다.

　이것은 내가 한때 하지 못한 것이었다. 약간만 힘들어도 '뭐가 그렇게 즐거울까?' 하고 기쁨을 팽개쳐버려서 더 힘들어졌다. 내게 한때 기쁨을 주었던 것을 별 의미 없는 것으로 만들어버리기도 했다. 허먼 멜빌은 가장 고상한 행복에도 무의미한 사소함이 존재한다고 했는데 그 사소함을 못 참고 전부를 부정하기도 했다.

후세 사람들은 에피쿠로스를 가리켜 고통 속에서 간간이 맛보았던 소중한 기쁨을 삶과 윤리의 토대로 삼을 줄 알았다고 평했다. 나는 이 말에 크게 놀랐다. 나에게도 영혼의 기쁨을 느끼던 순간이 있었지만 내가 그것을 삶의 토대로 삼을 줄 몰랐기 때문에, 그냥 한때 좋았던 기억인 줄 알았기 때문에.

이제 생각이 바뀌었다. 세상에 슬픔이 너무 많아서 단 한번의 기쁨이라도 소홀히 할 수가 없다. 단 한번만 기뻐도 하루 종일 기뻐할 수 있다. 덜 요구하고 더 기뻐할 수 있다. 기쁨은 희귀하므로 웃음과 기쁨을 줄 줄 아는 사람이 가장 관대하고 친절한 사람이다. 기쁨은 오래가는 감사의 마음과 관련이 있다. 그것은 『이상한 나라의 앨리스』에 나오는 체셔 고양이의 웃음처럼 남는다. 고양이는 사라졌어도 그 미소는 하늘에 오래오래 남는다.

마르쿠스 아우렐리우스 황제의 『명상록』 서문도 오래가는 감사의 마음에 대해서 생각하게 한다. 서문을 간략하게 인용하면 이런 형식이다.

• 나의 어머니 덕분에 나는 경건한 마음과 베푸는 마음, 나쁜 짓만이 아니라 나쁜 생각도 삼가는 마음과 나아가 부자들의 생활태도를 멀리하는 검소한 생활방식을 갖게 되었다.

• 루스티쿠스 덕분에 나는 내 성격을 개선하고 손봐야 한다는 것을 알게 되었고 훈계하는 말을 하지 않고, 금욕가나 박애주의자인 척하지 않고, (…) 책은 정독하며 읽어 피상적인 사고로 만족하지 않고, 수다쟁이들에게 성급히 동의하지 않게 되었다.

• 아폴로니오스 덕분에 나는 자유롭게 사고하고 어떤 것도 행운에 맡기지 않겠다고 결심하였다.

• 섹스토스 덕분에 나는 상냥함과 (…) 가식 없는 위엄과, 친구들에 대한 배려와 (…) 관용을 알게 되었다.

(…) 그는 또 인생에 필요한 원칙들을 적확하고 목표에 맞게 파악하고 정리할 줄 알았다.

• 플라톤학파 철학자 알렉산드로스 덕분에 나는 누군가에게 "시간이 없소"라고 불필요하게 너무 자주 말하거나 그 말을 편지에 써서는 안되며, 급한 일이 생겼다는 핑계로 더불어 사는 사람들과의 관계에서 요구되는 의무를 소홀히 해서는 안된다는 것을 알게 되었다.

• 막시무스 덕분에 나는 (…) 어떤 상황에서도, 특히 병이 들었을 때도 쾌활할 수 있었다. 그는 (…) 맡은 일을 아무 불평 없이 해냈다. 모두 그가 말한 것은 그가 생각한 것이며, 그가 행한 것은 악의 없이 행한 것이라고 믿었다. (…) 그는 선행을 베풀고, 너그럽게 용서하고, 정직했다. 그는 올바른 길을 가고 있다기보다는 올바른 길에서 벗어날 수 없는 사람이라는 인상을 주었다. 자신이 그에게 멸시당했다고 여기거나 감히 그보다 더 우월하다고 느끼는 사람은 아무도 없을 것이다.

•아버지 덕분에 나는 성품이 온유해지고, 충분히 검토한 뒤에 일단 판단을 내리면 흔들림 없이 그것을 고수하게 되었다. 그분은 (…) 친구들을 지킬 줄 아셨고 (…) 모든 점에서 자족하셨고, 마음이 쾌활했다. 그분은 또 당신에 대한 요란한 박수갈채와 모든 종류의 아부를 차단하셨다. (…) 그분의 장점 가운데 하나는 (…) 특출한 재능이 있는 사람들을 시기심 없이 인정하고, 저마다 그 재능에 걸맞은 명예를 얻도록 도와주는 것이었다.

몇년 동안 간간이 이 서문을 떠올리면 마음이 뜨거워졌다. '덕분에'라는 단어 때문이다. 나 역시 많은 사람들 덕분에 살아왔음을 깨달을 때가 한두번이 아니었다. 사람들의 좋은 면을 알아보게 되면 세상이 이렇게 아름다운 곳이었어?라는 생각이 저절로 들곤 했다. 사람들의 좋은 면을 알아보는 것은 좀더 나은 나를 찾는 것과 같다는 것을 알게 되었기 때문에 그 더 나은 사람을 믿고 본보기로 삼고 살아보고 싶었다.

• 나의 아버지 덕분에 자연, 특히 나무에 대한 사랑을 평생 간직하게 되었다. 은행나무를 유달리 좋아하는 아버지는 똑같은 은행알은 없다고 생각했다. 지금도 반쯤 굽은 허리로 은행나무를 올려다보고 있을 것만 같다. 아버지 덕분에 근본적으로 경이감을 갖고 사물을 대할 수 있다는 것을 알게 되었다.

• 나의 어머니 덕분에 작은 일에도 평생에 걸쳐 감탄하는 법을 배우게 되었다. '눈이 내려!' '천지사방 꽃향기 때문에 어질어질해.' '귀뚜라미 운다!' 내 어머니에게서 가장 자주 들은 말들이다. 많은 인간적 약점이 있지만 그것을 추진력으로 삼지 않을 때 얼마나 강한지도 몸소 보여줬기 때문에 나 역시 내 약점에 힘을 싣지 않으려 애써야 한다고 생각하게 되었다.

• 나의 스승 조은 선생님 덕분에 인생의 질문에 답하는 태도에 대해서 알게 되었다. 그분은 젊은 날 품었던 질문, '왜 가난은 대물림되는가?'에 대한 해답을 평생에 걸

쳐 찾으려 했기 때문에 나 역시 내가 원하는 대답을 쉽게 알 수 없다고 슬퍼하지 않을 수 있게 되었다. 그분은 늘 나이가 훨씬 적은 사람 말에도 귀를 기울일 줄 알았고 자신이 가진 힘을 남에게 내세우는 것이 아니라 조심스럽게 남을 돕는 데 쓸 줄 알았다. 그분은 시스템 안에 있으면서 시스템 밖에 있을 줄 알았다. 그분은 부드러울 때는 한없이 부드러웠고 단호할 때는 한없이 단호했다.

•나의 선배 송경동 시인 덕분에 지옥 같은 세상에서 천국같이 사는 사람이 있다는 것을 알게 되었다. 그는 인간의 온갖 시시함과 추함을 누구보다 더 잘 알면서도 인간의 다른 면, 드높고 깨끗한 면을 절대로 무시하지 않았다. 그는 악을 잘 알지만 깊게 순수했다. 그는 인간 삶에 드리워진 고통스러운 면을 누구보다 잘 알기 때문에 덜 고통스러운 상황을 만드는 데 온 힘을 다 썼고, 그 일을 자신을 위해서는 아무런 보상도 바라지 않고, 생색도 짜증도 내지 않고 해냈다. 그 과정에 자신이 겪은 가난과 궁핍함에 대해서는 입도 뻥긋하지 않았다. 나는 그 덕분에 체

호프가 단편 「굴」에서 한 말, '나는 그의 옷이 낡을수록 그를 더 사랑했다'는 말을 직접 몸으로 경험하게 되었다. 나도 그의 옷이 낡을수록 그를 더 사랑했다. 그는 온갖 방법으로 적들은 귀찮게 했고 지치게 했지만 친구들에게는 한없는 관대함과 다정함을 보였다. 삶이 고통스러울수록 즐겁고 기쁘고 성스러운 순간을 세상에서 만들어내길 바랐다. 그런 순간을 함께 사는 누구나 가리지 않고 친구로 삼을 줄 알았다. 그렇게 얻은 친구들을 평생에 걸쳐 귀하게 여길 줄 알았다. 까뮈는 세상은 부조리하지만 부조리는 사랑할 대상을 준다고 했다. 그는 우리 각자에게 이 부조리한 세상에서 사랑할 만한 대상이 되어볼 수 있는 특별한 기회를 주었고 그 자신이 먼저 사랑할 만한 사람의 삶을 살고 있다.

• 나의 언니 변영주 덕분에, 그녀의 유머감각과 쾌활함 덕분에 나 역시 그녀를 만날 때면 늘 명랑한 기운 속에 있게 되었다. 그녀 덕분에 삶의 무거운 문제를 공을 가지고 놀 듯 가볍게 가지고 놀 수 있다는 것을 알게 되었다.

삶은 아주 무서운 것이 맞는데, 그 무서운 것과 함께 노는 즐거움도 있다는 것을 그녀를 한번이라도 직접 만나본 사람은 느낄 수 있었다. 그녀의 가장 탁월한 점은 사람을 웃게 만들 줄 안다는 것이다. 웃음은 삶을 견디는 데 도움이 되므로 우리에게 웃음을 주는 그녀를 천사의 반열에 올려도 좋다(조금 낮은 등급이 좋을 것 같다). 특히 그녀는 유머에 윤리를 결합시킬 줄 알았기 때문에 나는 종종 즐거운 기분 속에서 어떻게 살 것인가 하는 문제에 빠져들 수 있었다.

• 나의 선배 지웅 피디 덕분에 관대한 마음이 무엇인지 알게 되었다. 그가 그렇게 관대할 수 있었던 것은 그에게 냉혹함이 조금도 없었기 때문인데, 그를 관찰해보면서 오히려 냉혹함이 왜 생기는지 알게 되었다. 즉, 무슨 일이든 책임지지 않는 것, 귀찮거나 복잡한 일이 생기지 않는 것, 책잡히지 않는 것, 지적받지 않는 것, 덜 일하는 것이 목적인 사람은 남들에게 처음에는 무관심했다가 결국은 냉혹해진다. 그와 같이 일하기를 꺼려하는 사람을 나

는 아직 보지 못했다.

• 나의 후배 이선미 작가 덕분에 오랜 세월이 흘러도
동물처럼 빛나는 눈을 가진 사람이 있다는 것을 알게 되
었다. 그녀는 세파에 물들지 않았기 때문에 늘 참신했다.
그녀는 누군가를 도울 때는 사심 없이 도우려고 했고 상
대가 기대했던 것 이상 더 많은 일을 해주려고 했다. 그녀
는 어려울 때나 기쁠 때나 나를 찾아서 내가 누군가에게
는 꼭 필요한 사람이란 느낌을 줬고 "피디님 일은 곧 제
일이에요"라고 말하면서 나를 도왔다. 그 덕분에 나는 한
결 수월하게 일을 해낼 수 있었다. 그녀는 나를 비롯한 여
러 사람들에게 『템페스트』의 요정 아리엘 같은 존재였다.
'일이 아름답게 완성되도록 돕는.'

• 나의 회사 선배 경옥이 언니에게는 평생 갈 감사의
마음을 품고 있다. 사전에 배당된 예산이 없어서 돈 한푼
없이 세월호 유족들의 목소리를 담은 팟캐스트 「416의 목
소리」 씨즌1을 제작하게 되었다. 그 소식을 들은 경옥이

언니가 나를 찾아왔다. 회사 회계 담당인 그녀와는 부서가 달라서 그때까지 거의 대화를 나눠본 적이 없었다. "그분들에게 작은 다과라도 정성껏 대접하고 싶어. 돈 걱정은 마. 내 이름으로 품의를 올려볼게." 「416의 목소리」를 제작하기로 결심한 다음, 가장 먼저 들은 격려의 말이었다. 생각지도 못한 좋은 일이었다. 언니 때문에라도 정말 잘해보고 싶었다.

• 동물을 사랑하는 나의 친구 힘 덕분에 모피 코트와 고기를 영영 멀리하게 되었고 음식을 남기지 않게 되었고 일회용품을 덜 쓰고 테이크아웃 커피잔을 덜 쓰고 쓰레기 분리수거에 신경을 쓰게 되었다. 그는 거창한 주장보다 사소한 것 한가지라도 삶에서 실천하기를 원했다. 그 덕분에 품위 있는 사람이란 어떤 것인지 알게 되었다. 품위 있는 사람은 자신이 하는 일에 깨끗하게 마음을 쏟을 줄 알고 상황이 좋지 않을 때조차 감사할 일은 있다는 사실을 잊지 않기 때문에 균형을 잃지 않고 자기비하에 빠져서 나약하거나 감상적인 넋두리를 늘어놓지 않는다고 생

각하게 되었다. 그 덕분에 '미래를 살아라'라는 말을 이해할 수 있게 되었다. 미래를 사는 사람은 오늘의 삶을 미래의 눈으로 본다. 그 덕분에 희망은 앞으로 어떤 환상적인 일이 일어나길 막연히 기대하는 것이 아니라 미래에 일어나길 원하는 바로 그 일을 지금 여기서 행하고 있는 사람에게 있음을 내 눈으로 직접 보게 되었다. 희망은 환상이나 보상이 아니라 인내와 끈기와 관련이 있다는 것을 알게 되었다. 그는 워즈워스가 말한 행복한 전사 — 굳건하고 능동적으로 도덕적인 삶을 추구하면서 내면에 더 나은 사람을 만들어내려고 노력하는 전사 — 다.

사람은 타인의 모습에서 종종 자신의 얼굴을 본다. 나는 바로 이런 사람들의 모습에서 내 얼굴을 발견하면 행복할 것이다. 어떤 얼굴, 목소리, 손짓, 표정, 이름에 대한 따스한 기억은 선물이다. 그것들이 마음의 어둠속에서 찬란하게 펼쳐질 때 기억은 구원이다. 누군가 구원받았다는 것은 자신과 삶을 바꿨다는 뜻이기 때문이다. 이 사람들은 나를 바꾼다. 마치 『리어 왕』에서 시종일관 나쁜 꾀만

내던 에드먼드가 마지막 순간 내 본성을 바꿔서라도 좋은 일을 하고 싶다고 한 것처럼.

그들은 에이드리언 리치가 말한 '당신의 눈빛은 출구!'라고 쓰인 불빛을 반사한다. 소로우는 '내 땀구멍을 속속들이 넓혀주는, 내 안의 친숙한 감사함이 (세상의) 압력을 어렵지 않게 지탱해낼 것이니, 우리는 우리가 숨 쉬는 공기 안에서 자유롭게 걸어다닐 수 있다'고 말했고 아인슈타인은 '친구들의 행복과 기쁨을 통해 행복해지는 방법을 배우세요. 이런 감정을 자연스럽게 찾을 수 있다면 인생에서 짊어져야 할 짐은 훨씬 가벼워질 겁니다'라고 했다.

인생에 뭐 다른 거창한 의미는 없다. 서로에게 잊을 수 없는 사람이 되는 것 말고는, 사랑하는 사람의 삶을 가볍게 하고 웃게 만드는 것 말고는. 그리고 그것이라면 내가 할 수 있는 일이 많다고 느껴진다.

그러나 내 마음에 있는 몇몇 사람들은 더이상 내 생각을 하지 않을 것이며, 혹은 내가 그들을 생각하는 것만큼 나를 생각하지는 않을 것이다. 그들의 앞날에 나의 이야기는 없을 것이란 것 또한 안다.

우리는 뭔가를 잃어야 그것이 소중했음을 안다. 그래서 모든 순간은 소중하다.

어떤 경우에도
행복해질 의무

나는 내게 맡겨진 이 삶을 사랑한다. 이 삶의 이야기를 자유롭게 해보고 싶다. 이 삶은 나의 인간 조건에 대하여 긍지를 갖게 해준다. "뭐 그렇게 자랑스러워할 건 없어"라고 사람들은 흔히 말하지만, 분명 자랑스러워할 만한 것이 있다. 이 태양, 이 바다, 젊음이 용솟음치는 이 가슴, 소금맛이 나는 나의 몸, 그리고 부드러움과 영광이 노란빛과 푸른빛 속에서 서로 만나는 장대한 무대장치가 바로 그것이다. (…) 나는 아무런 가면도 쓰지 않는다. 그네들의 모든 처세술 따위에 못지않은 저 어려운 삶의 지혜를 참을성 있게 깨우쳐가면 되는 것이다.

(…) 아름다운 존재들은 저마다 제 아름다움에 대

한 타고난 긍지를 지니고 있다. 세계는 오늘 온 사방으로 저의 긍지를 스며나게 한다. 이런 세계 안에서 무엇 때문에 내가 삶의 기쁨을 거부하겠는가?

이것은 알베르 까뮈의 「결혼」이란 글의 일부분이다. 몇년 전부터 여행갈 때마다 일부러 찾아서 읽어보곤 한다.

나에게도 긍지 넘치는 풍경에 대한 기억이 있다. 그곳을 지날 때 내 마음이 진실하던 장소들이 있다. 이를테면 제주도 김녕항이 그렇다. 그곳에서 불법 포획되었던 남방 돌고래 재돌이가 바다와 친구들 곁으로 돌아갔다. 그곳을 지날 때 '재돌아! 잘 있어? 한번 보고 싶다'고 생각했다. 그때의 내 마음은 진실하였으므로 김녕을 내 가슴에 깊이 아로새길 수 있었다.

서호주 퍼스 남쪽에서 커다란 병코돌고래를 보았다. 그때 나도 돌고래를 보았지만 돌고래도 나를 보았다. 돌고래의 눈은 우리 얼굴의 귀에 해당하는 부분에 있으므로 돌고래는 옆으로 눕듯이 몸을 돌려서 사물을 본다. 커다란 돌고래는 그렇게 몸을 돌리고 내가 탄 배, 그것도 내 발

밑을 따라왔다. 돌고래의 눈동자에 내가 포착된 사상 초유의 순간이었다. 너무 기뻐서 "돌고래야, 나 좀 잘 좀 봐줘!"라고 부탁했다. 그렇게 돌고래와 한시간을 있으니 바다에 행복이 둥둥 떠다니는 것 같았다. 행복할 때 몸이 녹을 것 같아!라고 표현하는 이유도 알게 되었다. '이 공기 안에는 뭔가 단내 나는 것이 있습니다.' 셰익스피어가 『템페스트』에서 말한 그대로의 상황이었다. 그때의 내 마음도 진실한 것이었으므로, 그 장소도 내 마음에 새겨졌다.

그리고 지난해에 낸 책 『인생의 일요일들』에 쓴 그리스. 한때는 전사가 되고자 했으나 환자가 되어서 간, 그 여름은 얼마나 뜨거웠던가! 그곳에서는 햇빛이 헤라클레스보다 더 강력한 영웅이었다. 바닷가의 미풍을 좀더 느끼려고 팔을 뻗고, 그 미풍이 좀더 오래 불기만을 바라고 다른 것은 바라지도 않을 때, 끌라우디오 마그리스의 '사랑할 줄도 모르고 행복해할 줄도 모른다는 것, 당장 끝장내고 싶은 격분을 누르고 끝까지 시간과 순간순간을 살아낼 줄도 모른다는 것, 아마 원죄란 이런 것이 아닐까'라는 말이 생각났다. 나도 원죄 자동판매기였다. 그 생각을 하자

힘없고 초라한 마음은 빛에게 쫓겨났다. 그때처럼 태양을 사랑한 적은 없었다. 그때처럼 바다와 태양의 에너지를 닮으려고 한 적은 없었다. 그때처럼 찬란한 빛 아래서 내 모습을 알아보려고 한 적은 없었다. 그때처럼 한방울의 기쁨이라도 얻으려고 애쓴 적은 없었다. 그 여행 내내 나는 훌륭하게 나의 의무를 완수했다. 잘 덥혀진 몸으로 평화를 맛보았다. 삶이 수동적일수록 더더욱 능동적으로 기쁨을 느끼는 일을 해야 한다고 느꼈다.

까뮈는 '인간으로서 내가 맡은 일을 다했다. 내가 종일토록 기쁨을 누렸다는 사실이…… 어떤 경우에는 행복해진다는 것을 하나의 의무로 삼는 인간조건의 감동적인 완수라고 여겨지는 것이다'라고 했다. 테리 이글턴은 '우리의 의무는 각자의 삶을 풍요롭게 살아내는 것'이라고 했다. 바꿔 말하면 내 삶을 풍요롭게 하지 않는 것, 기쁨을 방해하는 것, 불행하라는 주문은 나에게 맡겨진 의무가 아니다.

각자에게는 각자의 슬픔과 우울이 있지만 슬픔과 우

울에 한계를 그을 때 대용량 무거움을 소용량 무거움으로 바꾸면서 그 무게에 짓눌리지 않을 수 있다. 그리스에서 내 기쁨과 웃음은 기만적인 것이 아니었다. 트로이 전쟁을 배경으로 한 소설 『카산드라』에서 청동기 영웅들이 살육을 저지르는 동안 트로이 여인들이 꾸민 피난 공동체에 관해서 크리스타 볼프가 '마음의 밑바닥은 어두웠지만 우리의 명랑함은 억지로 꾸며 만든 것은 아니었다. 우리는 늘 뭔가를 배웠다. 저마다 다른 여자들에게 특별한 지식을 전수했다'고 쓴 것처럼 나도 그곳에서 마음 한구석은 어두웠지만 모든 이에게 모든 것을 새로 배우기로 마음먹은 한 사람일 수 있었다.

마음속의 슬픔, 좌절감, 상실감, 수치심, 무력함, 연약함이 역설적으로 앞으로는 한점 부끄러움 없어야 한다는 단호한 마음의 토대가 될 수 있다는 것을 그뒤로도 몇번이나 경험했고 내게는 그 발견이야말로 기쁜 일이었다. 극복된 좌절감, 극복된 두려움, 극복된 우울. 모든 극복된 것들은 삶을 기쁜 마음으로 살게 돕는다. 이런 일은 한번만 일어난다면 두번, 세번 연거푸 일어날 수 있고 이 또한 뜻밖의 좋은 일이다. (극복했다고 생각한 두려움도 언제든 다시 찾아온다. 그럼 또다시 극복하고 또 기뻐할 수 있다.)

그리고, 도저히 행복할 수 없을 것 같던 사람들이 행복해지고 도저히 웃을 일이 없을 것 같던 사람들이 웃게 된다면, 함께 울었던 사람들이 함께 웃게 된다면 정말 기쁠 것이다. 그들과 무수히 다양한 방식으로 기쁨을 함께 누릴 것이다.

마음이 텅 빈 것
같을 때에는

트루먼 커포티가 1956년에 쓴 「크리스마스의 추억」이라는 글에서 일곱살 버디는 예순살이 넘은 사촌과 살고 있다. 버디의 말에 따르면 사촌은 화장을 해본 적도, 욕을 해본 적도, 다른 사람이 나쁘게 되기를 바란 적도, 고의로 거짓말을 한 적도, 굶주린 개를 못 본 척한 적도 없다. 그런 사촌과 버디는 제일 친한 친구 사이다.

11월 하순의 어느 아침 백발의 사촌은 부엌 창가에 서서 이렇게 말한다. "어머나, 과일 케이크를 만들기에 좋은 날씨네. 케이크를 서른개나 구워야 해." 크리스마스 씨즌은 매년 똑같이 11월의 화창한 아침 사촌의 이 말로 시작된다. 두 사람은 그날 당장 피칸 열매를 등이 욱신욱신 쑤실 정도로 주워오지만 입으로 가져가지 않는다. 크리스마스 케이크를 서른개나 구워야 하니까.(단, 강아지 퀴니가 낑낑거리면 가끔씩 몰래 준다.) 그다음 날은 밀가루나 계란같이 케이크를 굽는 데 필요한 재료를 사러 간다. 잼을 만들어 팔거나 이런저런 방법을 총동원해 마련한 돈은 사촌의 침대 밑 요강 아래 마룻바닥 속에 숨겨 보관해왔다.

그런데 그들에게 친구가 서른명이나 있었을까? 누구를 친구로 생각하느냐에 달려 있다. 그들은 한번 만났거나 한번도 만나본 적 없지만 (이를테면 루스벨트 대통령이나 지나갈 때마다 손을 흔들어주는 버스 운전기사나 칼같이같이) 멋지다고 생각하는 사람들을 친구로 여겼고 그들을 위해 케이크를 만들었다. 그렇게 집과 부엌 너머 세계와 연결된다는 느낌을 받았다. 문제는 우체국에 가서 케이크를 부치고 나면 빈털터리가 된다는 점이다. 남은 동전을 모아 푸줏간에 가서 퀴니의 뼈다귀를 사고 나면 서로를 위해 크리스마스 선물을 살 수가 없다. 작년의 선물은 각자 직접 만든 연, 재작년의 선물도 직접 만든 연이었다. 크리스마스이브에 두 사람은 창피하다는 듯이 서로 고백했다. "너한테 줄 연을 또 만들었단다."

그래도 사촌이 만든 연은 참 이뻤다. 선행표창장에서 오려낸 별이 반짝거렸다. 바람이 부는 날, 두 친구는 딴생각은 다 잊고 목초지로 달려갔다. 퀴니도 달려가 목초지에 뼈다귀를 묻었다. 연은 실에 묶인 채로 하늘을 나는 물고기처럼 꿈틀대고 두 친구는 잔디밭에 누워 귤을 까먹으면서 연이 날아가는 모습을 보았다. 그때 사촌이 화들짝 놀라며 외쳤다. "내가 무슨 생각을 한 줄 알아? 난 항상 몸이 아프고 죽어갈 때가 되어야 주님을 뵐 수 있을 거라 생각했어. 하지만 절대 그런 건 아닐 거야. 마지막에 가면 우리 육신은 주님께서 이미 모습을 일찌감치 드러냈다는 것을 깨닫게 돼. 지금 우리 곁에 있는 사물에."

사촌은 손으로 구름과 연, 풀밭과 땅에 드러누워 뼈를 물어뜯는 퀴니를 한번에 다 담을 수 있는 동그라미를 그렸다. "항상 보았던 것들에 주님의 모습에 계셨다는 것을 우리는 깨닫게 되는 거지. 나는 세상을 떠날 때 오늘의 광경을 내 눈에 담아가고 싶구나."

이것이 두 친구가 마지막으로 함께 보낸 크리스마스 추억이다. (퀴니도 이듬해 뼈다귀를 묻었던 바로 옆에 묻

혔다.) 나는 사촌이 그랬다는 동그라미를 상상 속에서 종종 그려본다. '지금 여기, 지금 이 순간, 이 동그라미 안에 있는 것 다! 하나도 빼놓지 않고 다! 다! 기억하고 싶어.'

주위가 텅 빈 것 같아! 허전해!의 반대, '꽉 찬 순간'이다. 그런 순간이 나에게 있었던가? 그런 순간이 있었다면 금방 떠올릴 수 있을 것이다. 그렇게 좋은 순간을 잊을 리가 없다. 그때는 흐를 생각만 하는 고집쟁이 시간도 흐르기를 멈추고 숨을 죽이기 때문이다. 그 시간 속에서 우리는 소진되지 않는다. 그때 동그라미 속은 온기로 가득 차 있고 그 온기는 과거부터 우리가 해온 행동들의 정수 같다. 우리가 만들어낸 따뜻함 같다.

우리는 태어난 이유는 몰라도 적어도 그 순간만큼은 안다. 우리가 태어난 데에는 특별한 이유가 없다. 그저 서로에게 선물이 되는 것이다. 일상은 초조하고 짜증나고 불안한 것들로 가득 차 있지만 그 일상 속 어딘가 이렇게 성스러운 순간이 있다.

어느날, 우리의 가슴에 동그랗게 뻥 뚫린 빈자리. 우리는 그 빈자리를 빨리 채우려고 한다. 하지만 빈자리를 진부한 상상력으로 채우면서 인간은 격하된다는 말은 진리다. 그 빈자리는 머지않아 다시 텅 빌 것이므로, 당장 손쉬운 것으로 채우지 않는 것이 나의 소원 중 하나다.

'시간은 금이다'라는 말은 시간을 아껴 쓰라는 말일까? 모래 알갱이처럼 부서져 잊히고 사라질 시간 어딘가에 황금 같은 순간이 있다는 말 아닐까? 인간, 그리고 우리가 관계 맺는 생명체는 버디와 사촌과 퀴니가 그런 것처럼 유한한 존재이지만 무한한 것을 품을 수 있는 유한한 존재이고 받아들이면서 받아들여지는 존재이고 한 사람의 영원 같은 기억 속에 순금처럼 반짝반짝 깃들 수 있는 존재다. 이 우주에서 우리가 즐길 수 있는 따뜻함은 우리가 직접 만들어낸 따뜻함뿐이다. 『맥베스』에서 맥더프가 한 말처럼 내게 그런 소중한 것이 있었다는 것을 잊을 수가 없는 것이다. 이런 기억은 우리를 공허에 맞서게 한다. 우리는 죽지만 어떤 한 순간만큼은 불멸이다.

더이상 삶을
겁내지 않으려면

프란츠 카프카의 『변신』에서 착한 유대인 아들은 어느날 벌레로 변신했다. 필립 로스의 『포트노이의 불평』에서 착한 유대인 아들은 아침에 벌레가 되어 깨는 대신 자위에 심취한다. 부모님은 아들에게, 대략 요약해보자면 이렇게 말한다.

"애야, 고맙다고 말해야지. 애야, 죄송하다고 말해야지. 애야, 괜찮다고 말해야지. 애야, 다 너를 위해서란다. 너도 부모가 되면 알 거야. 오, 우리가 너한테 무슨 짓을 했기에 이런 보답을 받아야 하지? 계속 이렇게 굴면 네 아버지는 심장마비에 걸릴 거고. 조심해라, 주의해라. 이건 하면 안돼, 저건 할 수 없어."

아들은 마침내 대략 이렇게 외친다.

"내가 가진 것 중에서 내 거라고 부를 수 있는 것은 내 자지뿐! 부모는 죄책감을 만들어내고 포장하는 데 발군의 능력을 보여주는 우리 시대의 능력자. 다 나를 위해서라고요? 당신 삶이 이렇게 된 이유를 나에게서 찾지 마세요. 나는 당신 존재의 이유가 아니잖아요. 나는 아들이지만 공교롭게도 한 인간이기도 하다고요. 몇 년 안에 답답하고 꽉 막힌 인간을 만들어내려면 헌신적이고 자기희생적인 부모와 열심히 공부하고 말 잘 듣는 어린아이가 필요한 겁니다."

그러다가 또 대략 이렇게 기도한다.

"어떤 미친 새끼가 착하다는 말을 만든 거야? 남자가 되게 해주세요. 착하고 공부 잘하는 성공한 유대인 소년은 이제 됐어요. 남들 앞에서는 부모 비위나 맞추고 혼자 있을 때는 자지나 주물러대고 이런 건 이제 됐다고요. 부모들은 자기 자식을 위해 희생하는 것 말고는 할 게 없는 걸까요? 부모들은 왜 자신의 감정이나 갈망이 아닌 다른 사람의 갈망이나 감정은 전혀 눈치채지 못하고 살아갈까요?"

그러나 부모의 뜻을 위반해봤자 남는 것은 나를 사랑

한 사람들에 대한 의무를 버렸다는 죄책감뿐! 그에게는 대략 이런 질문이 남는다.

"야구에서 중견수로 뛸 때 가졌던 느낌, 그 편안함, 자신감, 주변에서 벌어지고 있는 일과 연결되어 있다는 단순하고 본질적인 느낌을 삶에서 느끼는 사람들도 있는데 왜 나는 그런 사람이 될 수 없는 건가요? 왜 그렇게 살 수 없는 건가요? 나 같은 사람에게는 불평이 진실의 한 형태일까요?"

그는 '양심을 거스르는 욕망, 욕망을 거스르는 양심'이란 갈등 속에서 살게 되고 결국 사랑할 때도 이렇게 묻는다. '내가 그녀를 사랑하나?'가 아니라 '내가 그녀를 사랑해야 하나?'라고.

물론, 우리에게도 포트노이 같은 끝없는 불평을 하고 싶은 순간이 있기는 있다. 자기 자신으로 살면 족하다고 들었는데, 젠장, 자기 자신으로 살면 족한 게 어떤 건지를 배운 적이 없잖아요. 좀 가르쳐줘봐요. 과거의 경험으로만 자신을 설명하면 안된다고 하는데 미래에도 계속 과거처럼 살라고 하잖아요! 네 인생과 꿈은 네가 책임지라면서

"우리한테 너는 여전히 아가란다. 결혼해서 손주를 안겨줘야 하지 않겠니? 늙고 아프면 누가 돌봐주니?"라고 하잖아요.

정도껏 그만두는 법이 없는 이 현란한 불평의 실체는 뭘까? (과장인가 사실인가. 과정인가 재료인가. 끝없는 혐오감은 이만하면 됐다,가 없다. 어쩌나 계속하는지 포트노이 스스로도 이렇게 말한다. 고집스러운 거부만으로 뭔가가 바뀌는 것은 아니니 너 자신에게 진실하지 말아봐, 삼십분이라도 좋으니……)

나는 여기서 포트노이의 생각을 좀더 따라가보기로 한다.

소시민 아버지에 대한 변호사 아들의 혐오감

돈도 없고 학교도 못 다녔지, 배운 것 없지, 남들에 대한 호기심은 있지만 교양은 없지, 쫓아다녔지만 기회는 안 생기지, 경험은 했지만 지혜는 없지, 아들에 대해서 하는 말은 "너는 내 이해범위를 벗어난 애야" 뿐이지, 누나에게 욕을 하는 것은 천벌을 받을 일이지만 돈 없는 흑인에게 사기 쳐서 보험가입을 하게 하는 것은 죄가 아니라 실적이라지, 세상에서는 힘이 없고 집에서만 힘이 있고 압제적이지.

부모들의 유일한 독창성

"너 왜 이래, 우리가 지금까지 너한테 무슨 끔찍한 짓을 했기에 이런 대우를 받아야 해?

"얘야, 다 용서한다. 아버지에게 미안하다고 하렴. 어서 가서 안아드리렴."

죄책감을 심어준 뒤 이렇게 끝내 감동으로 울리는 것.

병적으로 히스테리에 시달리는 약한 사람들의 아들로 산다는 것

"네가 전화를 안해서 미치는 줄 알았어."

"우리가 이렇게 너를 귀찮게 하는 것도 얼마 안 남았어."

아버지가 아무리 나약해도 내 인생은 내 인생. 나는

내가 아닌 척할 수는 없다.

부모가 나를 위해서 해준 일은 공갈

"정말이지 부모님이 지금까지 나를 위해 한 게 뭘까? 부모님의 희생이 끔찍하다면?"

"내 인생이란 게 남들이 세운 수십만가지 원칙을 지키는 것뿐인가요? 그 원칙을 위반하는 얼간이이고 싶지 않아서 인간성을 더럽혀야 해요? 어떻게 해야 우리의 인간성을 안 더럽힙니까?"

이렇게 해서 공갈로 이루어진 공동체 공갈범이 인류 절반을 차지한다.

이 글을 읽다보니 근원적으로 우리가 오만가지 이유로 누군가에게 의존한다는 것, 거기에 불행이 있다는 테리 이글턴의 말이 떠오른다. 그렇다. 우리는 서로 의존할 수밖에 없다. 우리의 문제는 혼자 살 수도 없고 함께 살 수도 없게 만들어졌다는 것이다. 내 시간과 삶, 운명을 누군가와는 나눠야 한다.

그렇다면 우리가 상당 기간 의존했던 부모(혹은 다른 사람)의 사랑은 장애물인가 발판인가, 긍정적인가 부정적인가. 많은 경우 긍정적인 동시에 부정적이라는 것이 진실에 가까울 것이다. 아버지의 기침 소리가 듣기 싫기만 한 것이 아니라 가슴이 에일 때도 있지 않은가? 아버지의 걱정거리가 나 자신이라는 사실이 가당치 않기만 한 것이 아니라 상당한 근거가 있는 일로 애틋할 때도 있지 않은가? 요즘같이 재난이 많은 세상에서 연락이 되지 않으면 멀쩡한 사람도 불안해져서 수십번 전화할 수도 있지 않는가? 하지만 그분들이 지나치게 나를 좌지우지하려 든다면 내가 성공을 하든 실패를 하든 그 일이 대체 나에게 무슨 상관이 있으랴? 어차피 내 삶이 내 뜻이 아닌데.

이 글은 우리 존재의 비밀을 폭로한다. 즉 너 자신을 창조하라! 창조적이어야 한다고 하지만 우리는 자기 자신을 창조하지 않았다. 나는 세상의 중심이기는커녕 내 인생의 유일한 주인조차 아니다. 우리 존재의 뿌리에는 우리가 인정하기 싫어하고 혐오하는 것들이 있다. 우리 엄마 때문에 미치겠고 우리 아빠 때문에 짜증나 죽겠다. 우리 존재의 뿌리에는 순종, 잘 보이는 것, 이쁨받는 것, 버림받지 않으려는 것, 눈치 보는 것, 그러다가 열받는 것 등마치 우리가 결코 그러지 않는 척하는 것들이 정도 차이는 있지만 다 있다. 문제는 셰익스피어가 『템페스트』에서 나는 이 암흑의 존재를 나의 것으로 인정하오!라고 말한 것처럼 이것들을 끌어안고 어떻게든 살아가야 한다는 것이고 문제는 불평의 대부분을 만들어내게 한 바로 그것, 우리는 나약했다는 점이다.

우리는 서로의 나약함을 어떻게 해야 할지 몰라 존중하고 날개를 달아주고 격려하기는커녕 벌주고 야단치고 옭아매고 겁주고 죄책감을 심어줬다. 우리 안의 두려움, 겁, 나약함이 우리가 사랑하는 사람을 죽인다. 오스카 와일드가 말한 것처럼 자신이 가장 사랑하는 것을 바로 사랑의 이름으로 죽일 수 있다. 포트노이의 현란한 불평 중에서 특히 이것들이 기억에 남는다.

아무것도 아닌 일에 벌벌 떨면서는 더이상 못 살겠어요.

우리 부모님이 삶을 그렇게 겁내도록 만든 게 누구입니까?

아, 활기는 어디서 찾아요?

대담성과 용기는 어디서 찾아요?

권터 그라스의 『양철북』은 가짜 어린이(난쟁이)를 등장시켜 종교, 부부의 사랑, 조국을 문제 삼는다. 필립 로스의 『포트노이의 불평』은 허우대만 멀쩡한(성기만 큰) 가짜 어른을 등장시켜 부모와 자식 간의 사랑, 공동체를 문제 삼는 것처럼 보인다. 필립 로스가 문제 삼은 공동체에서 젊은이들은 이렇게 산다. 아이에서 바로 노년으로, 문제는 성숙한 어른이 되었다는 기쁨도 누리지 못하고 노년으로 직행할 수 있다는 점이다.

그러나 곰곰이 생각해보니 이것은 부모 자식 간의 문제만도 아니다. 다 큰 어른들끼리도 '공감 공동체'가 되어가는 조짐이 농후하다.

"너 밖에 나가서 그렇게 말하면 큰일난다. 요새는 말 한마디로 다들 골로 간다. 다 너를 위해서 하는 말이야. 다들 나처럼 너를 이해해주는 것은 아니야. 다들, 다들……"

그 '다들'은 누구인가?

이런 말을 하는 사람들은 겁을 주면서 다른 사람의 삶을 어떻게 만들고 싶어하는 걸까? 왜 자기 말을 정당화하기 위해 존재하지도 않는 보편성을 끌어오는가?

정말, 왜 이렇게 우리는 삶을 무서워하는 사람이 되어버렸을까? 정말 아끼는 사이라면, 잔뜩 위축된 모습을 오히려 가슴이 찢어질 듯 슬퍼해야 하지 않을까?

이제는 삶을 누리고 영위하기보다는 삶으로부터 퇴각하는 것처럼 보이고 사는 고통을 말하지만 살지 않는 고통, 혹은 사는 척하는 고통을 말해야 할 지경이다. 귄터 그라스라면 이런 상황을 절망적이라고 했을 것이다. 그는 우리에게는 모든 것을 더 낫게 변화시킬 수 있는 힘이 분명히 있는데, 그렇게 하지 않기 때문에 우리의 문제는 우리가 일으킨 것이므로 당연히 스스로 해결하려고 할 줄 알았지만 그렇게 하지 않기 때문에 절망했다.

질문을 던져볼 수 있다. 우리는 서로서로 어떻게 연결

되어 있는가? 상호이해로? 믿음으로? 이해관계로? 불안함으로? 처벌에 대한 두려움으로? 공감로? 취향으로? 상황으로? 지상의 한 점인 우리는 계속 외로운 한 점으로 머무르고 말 것인가?

테리 이글턴은 우리는 함께 어울려 사는 일상의 질이 어떤가에 따라 구원받는 존재라고 했다. 두려움과 죄책감을 상습적이고 독창적으로 생산해서 연결고리로 삼는 일상의 질이 높다고는 볼 수 없다. 햄릿의 '죽느냐 사느냐, 그것이 문제로다'는 이렇게 바꿔 볼 수 있다 '그대로 죽느냐 그대로 사느냐, 그것이 문제로다.'

안똔 체호프의 소설 「산다는 것은」에서도 주인공 아들은 아버지의 애물단지다. 아버지는 너를 어떻게 해야 할지 모르겠구나!라고 하지만 주인공은 내가 어렸을 때는 사람들이 날 어떻게 해야 할지 너무나 잘 알고 있었다고 말한다. 아들이 알고 싶었던 것은 이것이다. 건강한 사지 육신으로 뭘 해야 합니까? 그의 인생 이야기를 끌고 가는 힘은 이 생각이다.

"한가지만은 분명해요. 지금까지와는 다른 식으로 살

아야 해요"

　아들은 세상이 세운 원칙과는 다른 방식으로 살았기 때문에 아버지의 근심덩어리가 되고, 사람은 모름지기 정해진 대로 살아야 한다고 믿는 사람들의 손가락질을 받았지만 조금도 좋아하지 않는 관습에 맞추기만 하느라 자기 삶을 살아보지도 못하지는 않았다.

　내가 나를 발견하는 것은 내가 관계 맺는 사람들 속에서이다. 내가 사랑하는 사람들도 나와의 관계 속에서 자신을 발견한다. 그 관계 속에서 자기 얼굴을 만든다. 내가 사랑하는 사람들의 모습이 나의 초상화이다. 이제는 사랑하는 사람들을 위해서라도 더이상 남의 눈치나 보면서 주눅 들어 살고 싶지 않다. 우리는 죽지만 미리부터 죽어 있는 것처럼 살 필요는 없다. 힘을 내고 싶다, 바로 이렇게.

　떨어지는 물 한방울에서조차
　우리의 아이들에게 어떤 삶을 물려주려는
　우리가 사랑하는 이들을 위해 현실을 바꾸려는 투쟁을 하며 우리의 힘은 나날이 커져간다.

　　　　　　　　──에이드리언 리치 「갈망」 중에서

　그리고 좋은 연결고리에 대한 대답은 이미 이 책 안에
나와 있기도 하다. '야구에서 중견수로 뛸 때 가졌던 느낌,
그 편안함, 자신감, 주변에서 벌어지고 있는 일과 연결되
어 있다는 단순하고 본질적인 느낌.' 이렇게 타인과 조화
를 이룰 때, 그 안에서 타인에 대한 애정이 샘솟는다. 너의
자아실현, 너의 모험이 나에게도 좋고 기쁜 일인 채로 우
리는 함께 살 수 있다. 에이드리언 리치의 말을 빌리자면
우리가 사랑했던 방식이 우리가 내면에 간직한 힘이다.

그래,
이 맛에 사는 거지

커트 보니것의 졸업식 연설문 모음집 『그래, 이 맛에 사는 거지』의 첫번째 장점은 두껍지 않다는 것이다. 두번째 장점, 커트 보니것은 예술가의 본분이 '사람들 기분을 전보다 좋게 해주는 것'이라고 믿었는데, 이 책은 그가 거짓말을 한 것이 아님을 증명한다. 세번째 장점, 커트 보니것이 같은 말을 하고 또 한 덕분에 상당한 수준의 건망증을 앓고 있지 않는 한 어쩔 수 없이 며칠간은 책의 내용을 기억하게 된다. 심지어 나까지도 정확하게는 아니어도 비슷하게 그런 경지에 올랐다.

1. 삶에 더 많은 사람을 데려오세요. 따뜻함과 소속감, 책임감을 느낄 수 있는 공동체를 빼면 나머지는 다 거품

입니다.

2. 지루함은 삶의 일부예요. 그걸 견디지 못하면 어린애예요.

3. 만약 예수가 자비의 메시지를 담은 산상수훈을 전하지 않았다면 인간이 되느니 차라리 방울뱀이 되었을 거예요. 젠장, 세상의 규칙은 딱 하나, '친절하라'.

4. 하늘에 계시는 알렉스 삼촌이 무엇보다 개탄한 것은 사람들이 행복할 때 행복을 느끼지 못한다는 사실이었어요. 삼촌은 행복할 때마다 그 순간을 제대로 느끼기 위해 노력했어요. 한여름 사과나무 아래서 레모네이드를 마실 때면 그는 외쳤어요. "그래, 이 맛에 사는 거지." 여러분도 남은 생애 내내 평화를 느낄 때나 일이 순조로울 때마다 외치세요! "그래, 이 맛에 사는 거지."

5. 마크 트웨인은 삶의 끝자락에서 무엇을 원하는가 스스로 물었어요. '이웃의 좋은 평가'.

6. 아버지, 우리는 왜 태어났죠? 서로 삶을 잘 헤쳐나가도록 도와주기 위해 태어난 것 같습니다. 우리 모두 이 순간과 장소를 바람직한 상태로 만들기 위해 잘 해냅시다.

7. 어떻게 내가 이 일을 해냈지? 우리는 어떻게 이걸 해냈지? 그래, 해낸 거야. "그래 이 맛에 사는 거야!"

8. 저는 여러분을 깊이 동정합니다. 졸업식과 동시에 아주 힘들 테니까요. 여러분은 에덴에서 쫓겨난 아담과 이브가 될 것입니다. 창세기를 보니까 신은 아담과 이브에게 지구 전체 땅덩어리를 주지는 않았어요. 이 행성의 작은 부분을 안전하게 잘 맡아주세요.

커트 보니것이 "그래, 이 맛에 사는 거지!"를 어찌나 반복적으로 말했던지 책을 읽은 독자는 그의 삼촌이 알렉스라는 것과 그분은 차가운 레모네이드를 좋아했다는 것을 오래 기억할 것이다. 하늘에 계신 우리 삼촌은 뭘 좋아하는지 모르고 있다는 것이 가슴 아프다. 지금이라도 알수 있다면 좋겠다. 하지만 삼촌을 연상시키는 이야기는 안다. 그 이야기를 따라가면 삼촌에 대한 기억을 떠올릴수 있을 것 같다.

알래스카에 봄이 왔다. 호시노 미찌오는 코펠에 물을

부어 쌀을 씻고 세수를 하고 목을 축이고 구두를 벗고 강물에 발을 담근다. 장비 중에 유일하게 새로 마련한 것은 등산화뿐이다. 발을 씻고 호시노 미찌오는 강변에 눕는다. 이른 봄의 흙냄새를 맡고 구름을 본다. 그렇게 하고 있으니 심장이 두근대는 소리가 묘하게 더 크게 들린다. "시간아, 어린 시절의 너를 다시 한번 만나고 싶구나." 괜히 한번 이렇게 외쳐보고 싶다고 생각한다.

땔감으로 쓸 나무를 주우러 해 질 녘의 가문비나무 숲을 걷는다. 숲에 떨어져 있는 무스의 똥이 한결 물러져 있는 것을 본다. 버드나무 새싹이 트기 시작했기 때문이다. 모닥불을 피우고 뜨거운 커피를 한잔 마시면 더는 아무것도 필요 없다. 그때 미찌오는 이런 생각을 한다. '역시 묘한 거야, 사람 마음은…… 아주 작은 일상에 흔들리지만 새 등산화나 봄기운에 이렇게 풍요로워질 수 있다니, 사람의 마음은 깊고 또 이상할 정도로 얕다. 사람은 그 얕음으로 살아갈 수 있다.' 이런 글을 읽으면 행복해져서 덩달아 나도 이렇게 외쳐보고 싶다. '미찌오, 당신이 본 세상을 나도 보고 싶어요.'

생각해보니 하늘에 계신 우리 삼촌도 숲으로 자주 들어갔다. 그렇다. 우리 삼촌도 이른 봄의 흙냄새를 좋아했다. 레모네이드보다는 막걸리를 좋아했던 것 같다. 그리고 이슬 묻은 호박잎을 비롯한 아침을 맞아 깨어나는 나뭇잎의 냄새와 오토바이와 청바지와 진하게 탄 믹스커피를 좋아했다. 하늘에 계신 우리 외삼촌은 낡은 LP음반과 빗소리와 밤 벚꽃과 씨름과 오토바이와 진돗개를 좋아했다. 오토바이를 타고 진돗개와 함께 벚꽃이 빛나는 밤길을 달리는 것을 가장 좋아했다.

나의 경우는 제비와 야생 돌고래를 볼 때, 나의 푸들 강아지 장 자끄 루씨와 서로 눈을 들여다볼 때 사는 맛이 난다. 좋은 사람들과 "나는 원래 그래!"라고 말하는 대신 "어떻게 그런 생각을 다 한 거야?" 혹은 "우리 이런 일을 하자!" 이런 대화를 나눌 수 있을 때 사는 맛이 난다. 각자 자신들 안에 있는 가장 좋은 것을 끄집어낼 때 사는 맛이 난다.

그 시간은 참 좋다. 세상은 수없이 힐링을 말하지만

나에게 힐링은 서로의 좋음을 나누는 것이다. 좋은 대화와 좋은 생각을 서로 나누어 갖는 것이다. 나와 남의 관계는 나와 나의 관계와 크게 다르지 않으므로 좋은 대화는 나를 소중히 여기는 사람의 시선으로 나를 보게 만든다. 나를 격려하고 분발하게 하는 생각 속에서 나를 발견하게 만든다. 그다음에 위 일곱번째 항목에 있는 말을 외칠 수 있다면 정말 사는 맛 날 것이다.

"우리가 함께 해낸 일이 너무 좋다!"

존 버저는 미래를 위해 현재를 희생할 수 있다는 것을 믿지 않았다. 각자 현재를 구원하기 바랐다. "어떻게요?" 그에게 묻는다면 그는 '사소한' 구원이라고 대답할 것이다. 호시노 미찌오가 얄음이라고 표현한 그것, '사소함'이다. 존 버저는 마른 꽃 한다발과 찬물로 하는 아침의 세수, 오래된 길을 걷는 소박한(사소한) 행복을 알고 있었다.

우리는 '사소한'을 '시시한, 별것 아닌, 하찮은'과 혼동하곤 하지만 카프카는 우리에게 있는 것은 일상뿐이고 '사소함'이야말로 세상에서 가장 어려운 것이라고 했다.

헨리 데이비드 소로우는 우리 인생은 극히 사소한 일을 얼마나 잘했느냐에 따라 평가받는다고 생각했다. 보르헤스는 무한한 우주는 사건의 아주 작은 부분까지도 필요로 하고 사랑하고 걷고 죽는 사소한 행위야말로 아주 중요하고도 영원하다고 했다. 휘트먼은 "나는 알고 있다, 내가 좋아하는 사람들과 함께 있는 것으로 충분하다는 것을,/(…)/아름답고 호기심에 찬 숨 쉬고 웃는 사람들에게 둘러싸이는 것으로 충분하다는 것을,/(…) 그 나 그녀의 목에 나의 팔을 잠시 가볍게 두르는 것(…)/나는 더이상의 기쁨을 요구하지 않는다"라고 했다.

사소하게 여기는 일상의 기쁨은 작은 기적이라고 생각해도 좋을 것이다. 성스러운 것의 소박한 모습을 아는 버지니아 울프는 '위대한 계시가 밝혀진 적은 단 한번도 없었다. 아마도 위대한 계시가 찾아오는 날은 결코 없을 것이다. 대신에 사소한 일상의 기적이나 등불, 어둠속에서 뜻밖에 켜진 성냥불이 있을 뿐이었다. 내가 원하는 건 일상적 경험의 차원이고 이건 의자이고 저건 식탁일 뿐이라고 느끼는 동시에 이건 기적이고 저건 희열이라고 느끼는 거야'라고 했다. 쉼보르스카는 인생을 생각하면 놀라움을 금할 수가 없다. 낭연하거나 평범하지 않은 것은 아무것도 없다고 했다.

그리고 우리는 이미 사소한 것의 도움을 받아 살고 있다. 나는 봄이 오면 온갖 색을 끌어올리는 것을 자신의 의무로 아는 꽃들의 영향권에서 절대 벗어날 수 없다. 초록에서 빨간색으로 움직이는 나뭇잎들의 풍요로움에서 벗어날 수 없다. 보드라운 육각형, 눈송이에서도 벗어날 수가 없다. 라일락향, 장미향, 갖가지 향에서 벗어날 수도 없다.

이런 이야기들은 참 좋다. 얼마든지 더 하고 싶다. 이런 이야기들은 일상을 폄하만 하고 있지 않게 만든다. 일상을 공정하게 평가하게 만든다. 하루하루를 더 신뢰하게 만든다. 우리가 가장 자주 이야기하는 것도 일상이다. 큰 불행을 당한 사람이 가장 되찾고 싶은 것도 일상이다.

인생엔 사건도 많지만 평범함 또한 가득하다. 깜짝 놀랄 일이 벌어지기도 하지만 별일 없는 습관과 반복도 가득하다. 고상한 가치만 필요한 것이 아니라 익숙한 애정의 몸짓과 농담과 말장난도 필요하다. 작은 미덕을 더 크게 키울 수 있는 것도 일상이다. 좋지도 나쁘지도 않은 일이 좋게도 나쁘게도 되는 것 또한 일상이다. 데이비드 포스터 월리스는 어떻게든 관심 끌기가 목적인 텔레비전이 우리를 받기만 하고 아무 노력도 할 필요를 못 느끼는 인간형으로 바꿀까 우려했다.

그 일상에 사람을 곤경에 빠뜨리는 수천가지 '사소한' 골칫거리와 수천가지 '사소한' 해법이 많은 '사소한' 기쁨들이 모여 있다. 삶의 본질은 사소한 사건들에서 더 잘 드러나고, 우리 인생의 어떤 순간이 특별한 이유, 어느 평범한 날이 빛나는 날로 바뀌는 것, 진실한 마음으로 사소하게라도 뭔가를 변화시켜서이다.

로베르터 발저는 삶에 불쾌한 얼굴을 보이지 않으려고 했다. 조롱이나 증오의 감정은 의욕을 빼앗아가기 때문에 그런 감정을 받아들일 수 없었다. 다른 감정도 많은데 하필이면 의욕을 빼앗아버리는 감정들을 자기 것으로 만들 수는 없었다. 그는 새로운 아침이 제공하는 수천가지 새로운 가능성에 대한 신뢰를 가지고 있었고 갖가지 절망도 알지만 갖가지 행복감도 알고 있었다. 이런 생각으로 모든 악조건을 견뎌내면서 아침을 맞는 것이 그의 천재성이었다.

그러나 존 버저가 제기한 문제가 있다. 문제는 '사소한'이라는 형용사를 가지고 어떻게 살 것인가?이다. 세상이 지금과 달랐다면 ─피로, 환멸은 기본이고 착취가 만연한 세상이 아니었다면─ 훨씬 삶을 잘 누렸을 사람들을 생각하지 않을 수 없다. 나는 자주 구의역 김군을 생각한다.

구의역 김군 사망사건 일년 후, 김군의 직장 친구를 인터뷰한 일이 있었다.

둘이 가까워진 계기는 김군이 먼저 말을 걸어서였다. 자동판매기 앞에서 캔 커피라도 하나 드실래요?라고 말을 건 것은 김군이었다.

둘은 김군이 죽기 전날에도 같이 점심을 먹었었다. 김군이 죽었다는 말을 들었을 때 친구는 믿지 않았다. 이틀 동안 계속 김군에게 전화를 했다. '제발 전화를 받아줘!'

일년 뒤 만난 친구가 내게 한 말 중 가장 기억에 남는 것은 이것이다.

"저희는 김군 장례식에도 가지 못했어요. 무섭기도 했지만 일하느라고요. 우리는 만나면 늘 고용과 해고 이야기만 했어요. 죽기 전날에도 저에게 한 말은 형, 나 짤릴 것 같아!였어요. 저는 저도 믿지도 않는 말을 했어요. 다 잘될 거야. 괜찮을 거야. 그런 이야기만 하느라 너는 무엇을 좋아해? 그런 것을 한번도 물어본 적이 없어요. 저는 그것이 제일 후회돼요."

이야기는 다시 커트 보니것으로 돌아갈 수밖에 없다. 그는 작은 일이라도 그 일이 인간 이하로 추락하게 하지 않는 한 고군분투할 수 있기를 바랐지만, 동시에 마음에 들지 않는 세상에 손을 빌려주느니 차라리 새로운 모험을 해보길 권유했다.

"우리 행성이 아직 가지지 못한 것을 창조하세요."

그 일을 해낼 수 있다는 것도 커다란 사는 맛이다.

『반지의 제왕』에서 호빗 일행은 모험을 떠날 때 이런 말을 한다. "제가 떠나서 샤이어가 평화롭고 안전하게 남을 수 있다면 마음 편하게 떠날 수 있을 거예요. 다시 이곳에 돌아올 수 없더라도 언제나 마음이 든든한 곳이 어딘가에 있다고 생각할 거예요."

누군가 일상에서 평온하게 사는 맛을 느끼도록 누군가는 일상의 맛을 누리지 못하고 있다는 것 역시 생각할 수밖에 없다.

2
장

●○
○●
●○

자아

자신을 지키는 최고의 기술,
약해지지 않는 것

오스트리아의 유대인 가문에서 태어난 슈테판 츠바이크는 히틀러 침공 후 고향에서 추방당해 브라질로 망명한다. 그는 그동안 노력을 기울인 모든 것이 수포로 돌아갔고 성취된 모든 것도 망했다고 느꼈다. 남은 것은 고독의 느낌뿐. 그래서 그의 자서전 제목은 '어제의 세계'이다. 자서전을 쓰면서 그가 결심한 것은 세계의 파괴에 결코 타협하지 않으리라는 것, 잃어버린 어제의 세계를 증언하리라는 것이다. '오직, 내가 남기려고 결심한 것만이 남겨질 권리를 가지리라. 그런즉 선택하라, 이야기하라, 기억이여 대신 말하라.'

그런 그가 죽기 직전까지 연구했던 사람은 몽떼뉴였다. 츠바이크는 몽떼뉴의 『에세』를 읽으면서 위로를 받았다. 왜 몽떼뉴였을까? 몽떼뉴에게는 자신의 삶을 다 바쳐 풀고자 열중했던 질문이 있었기 때문이다.

　　—외부로부터 정해주는 척도를 따르는 태도들로부터 자유롭게

　　—타인의 광증이나 이익을 위해서 희생당할 위험에서 자유롭게

　　—오직 내게만 속한 물질인 내 몸, 내 건강, 내 생각을 지킬 수 있을까?

　　이것이야말로 평생에 걸쳐 몽떼뉴가 풀어보고자 했던 질문이었다. 츠바이크는 만약 우리가 몽떼뉴를 누구보다 존경하고 사랑한다면 그 까닭은 그가 다른 누구보다도 삶의 최고 기술, 바로 '자신을 지킨다는 가장 높은 기술'에 자신을 바쳤기 때문이라고 말한다. 츠바이크는 몽떼뉴의 『에세』를 읽으면서 대략 이런 목소리를 듣는다.

　　어째서 힘들어해? 그 모든 것은 너의 피부만을, 너의 외적인 삶만을 건드릴 뿐 진짜 내면의 자아는 건드리지

못하는데. 이런 외부의 힘은 네가 스스로 헷갈리지 않는 한 네게서 아무것도 뺏어가지 못해. 분별력이 있는 인간은 아무것도 잃을 게 없어. 시대의 사건들은 네가 거기에 동참하길 거부하는 한 네게 아무런 힘도 발휘할 수 없어. 너의 체험 중에서 가장 고약한 것들, 패배로 보이는 것들, 운명의 타격은 네가 그런 것들 앞에서 약해질 때만 그렇게 느껴지는 것이야. 그런 일들에 가치와 무게를 두고 고통을 느끼는 사람이 네가 아니라면 대체 누구냐? 너 자신 말고는 그 무엇도 너의 자아를 귀하거나 비천하게 만들지 못해.

사실, 현실의 힘이 너무 세기 때문에 내면의 힘을 필요로 하는 것만은 아니다. 현실이 살짝 건드릴까 말까 했는데도 지나치게 소심하다면 자기 삶을 살 수가 없다. 타인만이 나를 휘두르는 것은 아니다. 남들이 아무 생각 없이 한 말에 온 존재가 휘청이기도 한다. 별말 아닌 말을 듣고, 그 말이 별말이 아닌 것을 알 때조차 기운을 내려고 온 힘을 써야 할 때도 있다. 그깟 일에 왜 마음을 쓰는 거야,

내 할 일이나 잘하자, 거의 자신에게 부탁을 해야 할 때가 왜 없겠는가? 고통은 늘 이중적이다. 하나는 현실 때문에, 하나는 나 자신 때문에. 몽떼뉴의 생각처럼 어떤 생각이 나를 갉아먹는다면 오직 나의 허락을 통해서만 그렇게 할 수 있다. 에이드리언 리치가 말한 대로 우리가 상투적인 곳에 있다면 우리가 그곳을 택했기 때문이다.

나약해져버리면 자기방어, 자기비하, 자기연민의 에고를 억누를 줄도 다스릴 줄도 모르고 자기 자신과 싸움을 하기도 어렵다. 감상적이 되지 않고는 이야기하는 법도 모르게 된다. 받아들여서는 곤란한 것까지 받아들이게 된다. 지나치게 타협하면서 우리는 자신이 되고 싶지 않았던 사람이 되어간다. 손쉽게 초라해져간다.

그러나 버지니아 울프와 에이드리언 리치가 각각 한 목소리로 말한 것처럼 우리는 바보가 되고 싶지도 불행해지고 싶지도 않다. 리어 왕처럼 '결국 인간은 이것밖에 안되는가, 이런 것까지 순순히 받아들일 만큼 나를 바보로 만들지 말아주시고 고귀한 분노를 갖게 해주소서' 맞설 수 있어야 한다. 솔론처럼 그런 일을 한다는 것은 나 자신의 명예를 더럽히는 일이라는 생각으로 자신을 지킬 줄 알아야 한다.

　나약해지지 않아야 지금 잘하고 있는 일을 앞으로도 할 수 있다. 나약해지지 않아야 자기를 과소평가하고 비하하는 대신 자기에게 엄격해질 수 있다. 자신부터 자신을 얕잡아보지 않아야 한다. 나 자신은 행동의 근거로, 본보기로 삼을 무엇인가를 찾으면서, 타인에게 구조요청을 보내면서 강아지, 꽃, 커다란 나무, 새소리, 달, 한밤중에 밝혀진 등불, 온갖 것들의 도움을 받으면서 힘을 내왔다. 그래서 우리에게는 믿을 만한 친구와 술 한잔과 믿을 만한 시가 필요하다.

　왜 당신은 당신 자신에 대해 무언가를 생각해왔는가?

　그렇다면 당신 자신을 저평가한 것은 바로 당신인가?

　바로 당신이 대통령이 당신보다 더 위대하다 생각했는가? 아니면 부자가 당신보다 더 낫다고? 아니면 교육받은 사람이 당신보다 더 현명하다고?

당신이 더럽거나 여드름투성이라서 ─ 당신이 한때 술주정뱅이였거나 도둑놈, 병자, 류머티즘 환자, 혹은 창녀였기 때문에 ─ 혹은 지금 그렇다는 이유로 ─ 불성실함이나 무능력 때문에 ─ 아니면 당신이 학자도 아니고 인쇄물에서 당신 이름을 결코 본 적 없다고 해서…… 당신은 자신이 다소 모자란 불멸의 존재라 굴복하는가?

─ 월트 휘트먼 「직업을 위한 노래」 중에서

위로받을 수
없다면

늦여름 명동에서, 다리가 뒤틀린 중국인 여행자를 본 일이 있다. 청바지를 입은 젊은 아가씨였고 적어도 그 순간은 혼자였다. 내 친구와 나는 그녀를 스쳐지나갔다. 친구가 말했다. "저만큼 걷기 위해서 혼자 얼마나 많이 노력했는지 우리는 알지 못할 거야. 설사 그녀가 말해준다 해도."

우리는 우리 곁을 걷는 사람들이 어떤 슬픔을 가졌는지, 매일매일 몇번이나 극복하고 어떻게 용기를 끌어올리고 있는지 결코 알지 못한다. 그것은 영원히 비밀 속에 있다. 어쩌면 자기 자신에게조차. 혹시, 알고 싶다고 생각해서 뒤돌아보면 이미 멀어져가고 있다.

노벨문학상 수상 작가 가즈오 이시구로는 우리의 슬픔은 어느 하루 동안만 벌어지는 일이 아니라는 것을 잘 알고 있었다. 초기작 『창백한 언덕 풍경』이 슬픈 것은 실패 때문이다. 그것도 인생에서 가장 잘해내고 싶었던 일의 실패, 그것을 위해서라면 모든 힘을 쏟았을 일의 실패, 결혼해서 행복한 가정을 이루고 자식에게 최적의 교육환경을 제공하는 좋은 부모가 되리라는 꿈의 실패다. 주인공의 딸은 영국 낯선 방에서 홀로 자살해버린다. 평생 헌신하려던 일이 실패로 끝나면 어떻게 살까? 딸의 어머니는 가끔 상상한다. 딸의 시신이 며칠간이나 방치되어 있었을까.

『위로받지 못한 사람들』이 슬픈 것은 상실과 후회가 아무리 커도 그것을 돌이키는 것이 불가능하기 때문이다. 책 속에서 혼란스럽게 불쑥불쑥 등장하는 사람들은 열심히 노력하면 옛날 좋았던 시절로 돌아갈 수 있다고, 다시 예전처럼 행복할 수 있다고 생각하지만 그런 일은 일어나지 않는다. 책 제목처럼 위로는 없다. 대부분의 위로는 찰나의 일이거나 빈말일 뿐이고 누군가 다시 시작한다면 그것은 잘 위로받았기 때문은 아니다. 가즈오 이시구로는 위로가 아니라 다른 것, 굳이 말하자면 용기와 품위를 말한다.

헤비섬이라는 기숙학교에 사는 세 친구의 눈부시게 아름다운 성장소설 『나를 보내지 마』에서 최초의 불길한 음성은 이 한마디에서 시작된다. "너희들은 술도 담배도 하지 말아야 한단다. 특별히 너희들은." 물론, 누구나 술 담배를 조심해야 한다. 그런데 왜 우리들은 특별히 술 담배를 조심해야 하지? 한 여학생이 그 질문을 조심스럽게 생각한다. 그러나 그때는 그 물음표를 충분히 길게 끌고 가지 못한다. 그 이유는 시간이 한참 흘러서야 알게 된다. 성장하는 아이들은 인간이 아니라 클론이었다. 심장병이나 암에 걸린 인간에게 장기를 기증하기 위해 배양된 클론 아이들은 자신이 어떤 존재인지 전혀 몰랐기 때문에 앞으로 어떤 직업을 가질 것인지, 어디를 여행할 것인지 저마다 신나는 꿈을 꾸면서 성장할 수 있었다. 그러나 이 아이들에게 미래는 하나였다. 아무도 직업을 가질 수 없고 아무도 여행을 갈 수 없다. 그들을 기다리는 것은 죽을 때까지 몇번이고 장기기증을 하다가 죽는 길 하나뿐.

이 작품에 클론의 시원한 탈출 이야기는 없다. 유일한

희망이라면 서로 사랑하는 두 클론은 기증이 몇년간 연기된다는 소문 하나뿐이다. 그런데 둘이 서로 사랑한다는 것을 어떻게 증명하지? 그것을 위해서 어떤 노력을 해야 하지? 소문이 사실이기나 할까? 서로 사랑하는 두 클론에게 장기기증을 몇년간 멈춰주는 결정은 누가 하는 거지? 책의 후반부는 이 질문에 대한 대답과 관련 있어 보인다.

나는 친구들과 몇년에 걸쳐서 이 책 이야기를 참 많이 나눴다. 왜 그들은 탈출하지 않았을까, 왜 상황을 바꾸지 못했을까? 혹시 자신들에게 무슨 일이 일어나는지 알았더라면 탈출했을까, 아니면 알았다 해도 상황을 바꾸지 않기를 선택했을까?

가즈오 이시구로는 '알아야 한다'고 생각했다. 자기 자신과 사랑하는 주위 사람들에게 무슨 일이 벌어지는지 '알고' 살아야 한다고, 수전 손택이 말한 대로 세상의 주변부에 살고 있더라도 자기의식과 경험에 있어서는 중심에 있을 수 있어야 한다고 생각했다.

책 속에서 한 선생님은 아이들에게 말한다. "너희 삶

은 이미 정해져 있단다. 너희는 누구인지 알아야 해. 너희들 앞에 어떤 삶이 놓여 있는지 알아야 해. 너희는 듣기는 했어도 듣지 못한 거야."

뻔한 미래라는 것보다 더 굴욕적인 것도 없다. 우리가 의미를 두지 않는 곳에서는 훗날 우리에게 좋은 의미를 가지게 될 어떤 일도 벌어지지 않는다. 그런데 우리가 가장 의미를 두지 않는 것이 현재 자기 자신에게 벌어지는 일이라면 그때는 어떻게 될까?

그러나 가즈오 이시구로는 『나를 보내지 마』를 자신의 책 중 가장 밝고 긍정적인 책이라고 생각했다. 유한한 생명인 친구들이 보인 모습 때문이었다.

책을 읽는 동안 기증을 자신들이 '해야만 하는 일'로 받아들인 친구들이, 각자가 머지않아 죽을 운명이란 것을 아는 친구들이 시간이 흐름에 따라 보이는 모습에 나도 몹시 마음이 갔었다. 기증수술로 이미 약해진 친구의 거칠어진 숨소리를 듣고 본능적으로 부축하는 것, 서로 어깨를 끌어안는 것, 한때 서로에게 의미있었던 것을 죽음 앞에서 무의미하게 만들지 않는 것, 인생의 마지막 시기에 고마움을 느낄 수 있도록 행동한 것, 할 수 있는 한도 안에서 잘못된 상황을 바로잡으려 한 것, 아직 살아 있는 친구를 위해 가장 좋은 것을 주고 싶어한 것. 그들은 진짜로 자신을 나누어줄 줄 알았고 어둠속에서 더 사랑할 줄 알았다. 위로는 없었지만 그 자리에 용기와 품위가 있었다.

자기기만에서
풀려나기

'리토스트'(Litost)는 다른 언어로 옮길 수 없는 체코 말이다. 리토스트 없이 인간 영혼을 이해하기 힘든데도 그렇다.

한 남학생이 동료 여학생과 함께 수영을 했다. 여자는 수영을 잘했지만 남자는 수영을 굉장히 못했다. 여자는 남자에게 홀딱 반했기 때문에 처음엔 천천히 수영을 했다. 그렇지만 물놀이가 재미있어지자 곧 반대편 물가를 향해 나갔다. 남자는 육체적 열등감에 사로잡힌 채 곧 리토스트를 느꼈다. 그는 어린 시절부터 병약해서 운동도 못하고 친구도 별로 없었다. 돌아오는 길에 두 사람은 말이 없었다. "왜 그래?" 하고 여자가 물었다. 남자는 건너편 강가는 물살이 세서 익사할 위험이 있으니 그쪽으로 헤엄치지 말았어야 한다고 말하고는 그녀의 얼굴을 때렸다. 여자는 울기 시작했다. 그는 여자의 뺨에 흐르는 눈물을 보고 연민을 느끼고 그녀를 껴안았다. 그러자 그의 리토스트가 사라졌다.

남자의 어린 시절엔 다른 일도 있었다. 그는 바이올린 교습을 받았는데 재능이 뛰어나지 못했다. 그때마다 교사는 그의 연주를 중단시키고 잘못을 지적하곤 했다. 그는 모욕감을 느꼈다. 그는 더욱더 일부러 틀리곤 했다. 그러면 교사의 목소리는 더욱 딱딱해졌고 그는 점점 리토스트 속으로 빠져들었다.

그렇다면 대체 리토스트란 무엇인가? 불현듯 자기 자신의 비참함을 보는 데서 생겨나는 고통스러운 상태이다. 이 치유책으론 사랑이 있다. 절대적 사랑을 받는 사람은 비참할 수가 없기 때문이다. 혹은 인간의 공통된 불완전성을 깊이 경험한 사람도 리토스트에서 상대적으로 안전하다. 그들에게 자기 자신의 비참함을 목격하는 일은 흔하며 별로 흥미롭지도 않다. 따라서 리토스트는 청춘이나 아직 어른이 되지 못한 사람의 장신구 같은 것이다. 리토스트는 이중 모터처럼 작용한다. 고통에 복수가 이어진다. 복수의 목표는 상대방도 나처럼 비참해지는 것이다. 이때의 복수는 진짜 동기(네가 나보다 빨리 헤엄을 쳐서)를 말하지 않고 거짓 이유(네가 익사할까봐)를 내세운다. 리토스트는 비장한 위선 없이는 있을 수 없다.

이것이 밀란 쿤데라가 말한 리토스트다. 비참함도 비참함이지만 비장한 위선이라! 이 말을 읽자마자 거품이 푹 빠지고 폭삭 주저앉았다. 우리는 얼마나 초라하게 기만적인 존재들인지, 우리의 삶은 어디에 세워져 있는지! 이렇게 속마음은 전혀 다르면서 입으로는 다른 말을 하고 그것을 고치려는 자각도 없이 반복하면서 자기도 모르는 사이에 참으로 보잘것없어져 버린다. 진실은 적어도 무엇이 거짓인지는 아는 것이다. 그리고 무엇이 거짓인지 알고 그것을 인정할 수 있다면 환상적인 해방감을 누리기 시작할 수 있다.

이야기 하나가 떠오른다.

끌라우디오 마그리스의 『작은 우주들』에는 카롤린이

라는 교수가 등장한다. 오스트리아에서 성장한 슬로베니아 사람이다. 그는 아프다. 아흔두살이고 침대에 누워 있고 말을 잘하지 못한다. 침대 옆에는 상자가 몇개 있다. 그는 그림, 편지, 서류 등 물건을 정리하고 있었다. 왜냐하면 나중에 그가 죽으면 아내는 그것들을 교수의 뜻에 따라 소각처리해야 하기 때문이다. 그는 이사 중인데 자기 삶을 이사 중이다. 평생 애지중지 모으던 것을 비워내는 중이었다. 그는 삶을 정리하고 그의 삶을 장식하던 모든 것을 버리고 싶어했다. 카롤린 교수는 그를 찾아온 방문자들에게 그가 사는 스네주니크 산이 그려진 엽서를 선물했다. 뒷면에는 슬로베니아어로 쓴 자신의 시가 인쇄돼 있었다. 방문자들이 찾아오면 그는 아내의 부축을 받아 베개 위로 몸을 일으키고 떨리는 필체로 그 구절을 독일어로 번역해주었다. 얼마 뒤 방문자 중 한명이 그로부터 독일어 편지 한통을 받았다.

'존경하는 친구, 얼마 전 당신이 마지막으로 우리를 만나러 왔을 때 내가 내 시 일부를 독일어로 번역해주었지요. 글을 쓰는 동안 옆에서 지켜보던 아내가 내가 산이란 뜻의 독일어를 데어 베르크(der berg)가 아니라 다스 베르크(das berg)라고 썼다고 우깁니다. 만약 내가 그랬다면 통탄할 만한 그 실수를 수정하고 용서해주기 바랍니다.'

카롤린 교수에게 있어 실수를 정정하지 않고 간다는 것은 용납할 수 없는 일이었던 것이다.

교수의 편지는 이렇게 끝난다.

'이제 조금 나아져서 일어나서 숲 근처에서 산책도 했습니다.'

이에 대해서 끌라우디오 마그리스가 한 말도 잊기 힘들다. 카롤린 교수는 아내의 말을 듣고 자신이 정말 남성 정관사(der)와 중성 정관사(das)를 잘못 썼는지, 아니면 아내가 그릇된 인상을 갖고 있었는지 기억해내려고 애썼을 텐데, 몇주 동안 곰곰이 생각하면서 상당히 괴로웠을 것이다. 그러나 열정은 활력을 자극하다. 문법적 실수에 대한 번민과 그 실수를 고치려는 강렬한 욕망 덕분에 카롤린 교수는 일상을 어느정도 되찾았을 것이다. 문장에 잘못 쓰인 쉼표 하나라도 숲에 화재를 불러일으킬 수 있다. 하지만 교수는 언어, 다시 말하면 진리를 존중함으로

써(잘못을 고치려고 애쓰면서) 생명력도 강해지고 기만
에서 풀려나고 더 자유로워져서 세상을 산책할 수 있었다
고 끌라우디오 마그리스는 말한다.

로베르트 무질이 생각난다. 무질은 진리가 그가 사는
세계를 비난한다고 생각했기 때문에 그 무엇보다도 진리
를 사랑했다. 진리를 존중하면서 기만에서 벗어나고 자유
로워질 수 있다면 나도 그 무엇보다도 진리를 사랑하고
싶다. 진리를 존중하면서 나 스스로 나 자신을 존중하게
될 수 있기를 바란다. 자기를 존중할 방법을 찾지 못하는
것은 자기를 포기하는 것과 같기 때문이다.

자기해방

플로베르는 '나는 항상 사물들의 핵심에 도달하고
자 했다'고 말한다. 그가 그린 사랑의 핵심엔 이런 모습이
있다.『감정 교육』의 주인공 프레데릭은 거울을 본다. 그
는 자신이 잘생겼다고 생각한다. 일분간 그는 자기 자신
을 바라보고 있다. 그는 사랑에 빠졌지만 거울을 보면서
사랑하는 여자를 생각한 것이 아니라 자신을 바라보았다.
자기 자신에 대한 도취를 바라보았다.

쿤데라는『불멸』에서 한 여인을 그리고 있다. 그녀는
댄스파티에서 춤을 추는데 상대방을 보고 있지 않다. 상
대방 너머 거울에 비친 자신을 보고 있다. 그녀는 최면에
걸린 사람처럼 자신의 이미지만을 보고 있다.『불멸』에서
사람들은 어떤 일에 매혹되는 것이 아니라 그런 일을 하

는 자기 자신에 매혹되고, 그런 생각을 해낸 자신에 감동하고 그런 일을 하는 자신의 이미지에 매혹된다. 그를 자기 자신이게 하는 것도 이미지, 그를 다른 사람과 달라 보이게 하는 것도 이미지다. 세계는 자기애라는 하나의 커다란 거울이다. 사람들은 오로지 자신만을 보고 있다. 쿤데라가 도달한 사물의 핵심은 이런 것이다. 인생에서 견딜 수 없는 것은 존재하는 것이 아니라 자신의 자아로 존재하는 것이고, 산다는 것, 거기엔 어떤 행복도 없고 이 세상에서 자신의 고통스러운 자아를 나르는 일뿐이다.

쿤데라의 생각이 나의 양심을 찌르므로, 그리고 내가 결코 자기 세계에서 벗어나지 못하는 『반지의 제왕』의 골룸 같다고 느낄 때도 있으므로 지금 당장 자아를 조금이라도 벗어나고 싶어진다. 결코, 우리가 다 내려놓지 못하는 고통스러운 자아에 대해서 작가들은 어떻게 말했을까?

엘리엇은 누군가인 척하는 헛된 자아로부터 해방되면서 비로소 살기 시작했다고 했고 곰브로비치는 아무것도 느끼지도 못하고 느끼는 것 같은 포즈를 취하는 자신을 흡족하게 바라보는 자의식, 실제 자신보다 더 나은 것으로 남에게 보이면서 흡족해하는 자의식, 있지도 않은 허구적 이미지에 자신을 투영하는 가식, 허세, 위선을 실컷 경멸했다. 우리에게 없는 것을 인정해주는 사람은 없다.

그리고 존 버저가 있다. 그 이름을 말하니 『벤투의 스케치북』의 그림이 하나 떠오른다. 그녀가 있다. 그녀 둘레에 담장이 있다. 담장은 수많은 기둥으로 되어 있는데 기둥 모양은 알파벳 I를 닮았다. 그녀의 모든 말들은 커다란 풍경화 속 하나의 기둥처럼 하나의 세로획 'I'(나)로 축소된다. 그녀는 'I 나 I 나 I 나'로 둘러싸여 있다. (나는, 나는, 나는……) 어느날 그녀는 담장을 해체한다. 그녀는 그런 일이 자신에게 일어나게 했다. 허락을 했지만 그것은 고된 일이었다. 담장은 하루아침에 만들어진 것이 아니었기 때문이다. 그것은 조각조각 떼어내야 했다. 각각의 담장 조각은 그녀의 몸 전체에서 흘러내리는 옷처럼 떨어졌다. 결국 담장은 하나도 남지 않았다. 존 버저의 문장은 이렇게 이어진다.

거기 그녀의 전체가 드러났다. 일을 시작할 때와 똑같은 모습이고, 그때와 똑같은 행동을 할 뿐, 더이상은 없다. 같은 이름, 같은 습관, 같은 과거를 가지고 있다. 하지만 담장에서 자유로워진 후, 그녀와 그녀 아닌 모든 것 사이의 관계가 바뀌었다. 절대적이지만 보이지 않는 변화. 이제 그녀는 자신을 둘러싼 것들의 중심이 되었다. 그녀가 아닌 모든 것이 그녀에게 공간을 내어준다.

이 그림을 상상하면 흑백의 그림이 서서히 환상적인 색채로 물드는 것을 지켜보는 기분이 든다. 밤중이었다가 여명이 밝아오고 재잘거리는 새소리가 들리고 풀밭에 이슬이 빛나는 것 같다. 그리고 사각사각 긴 치마가 끌리는 소리가 들리는 듯하다. 그림 속 그녀는 담장과 함께 자아를 가볍고 우아하게 넘어섰다. 뜻밖의 기적적인 몸짓이다. 행복을 예감하게 하는 몸짓.

이 글을 쓴 존 버저는 얼마 전 생을 마감했다. 이제는 더이상 그의 새 글을 볼 수 없다는 생각만으로도 내 영혼은 빈곤해진다. 그는 특별한 안정감을 내게 주었다. 그는 상실로, 슬픔으로 시작한 글을 사랑과 용기로 끝낼 줄 알았다. 그는 슬퍼할 줄 알고 사랑할 줄 알고 분노할 줄 알고 삶 속에 있는 신비로운 요소에 깊이 감동할 줄 아는 진짜배기 사람이었다. 그는 모네나 쎄잔, 고야나 자코메티에 대해서도 누구보다 좋은 글을 썼지만 모네, 쎄잔, 고야, 자코메티가 되지 못한 사람에 대해서도 누구보다 좋은 글을 썼다.

그는 재주가 아주 많았다. 죽은 사람과 말할 줄 아는 특별한 재주를 지녔고, 너무나 가진 것이 없어서 영혼만은 꼭 남겨두었던 사람들을 알아보는 재주가 있었고, 평범한 사람들이 가진 성스러움을 알아보는 재주가 있었다. 그는 곧 죽을 것을 아는 사람들이 그런 것처럼 관대하고 용감하게 살았다. 그것은 어떻게 가능했을까? 그는 어떻게 그런 능력을 가졌을까? 왜 그렇게 잘 알아보았을까?

그가 『벤투의 스케치북』에 쓴 한 문장이 떠오른다.

자화상의 '자(self)'라는 단어는 하나의 명사이기를 그치고 전치사 '-를 향해(towards)'의 역동성을 획득한다.

그의 시선은 자신에게 머물지 않고 어딘가를 향했다. 늘 더 많은 관심과 사랑과 축복을 받아 마땅한 사람이 누구인가, 지상 어디에 더 말해지고 정당하게 평가받고 알려져야 할 것이 있는가, 드넓은 세계를 마치 하늘 위에서 내려다보듯 탐색했다. 바로 그 시선이 존 버저를 존 버저로 만들었다. 그는 내게 세상에 자아말고도 관심 가져야 할 것이 많다는 것을 알려주었고 그 덕분에 내 좁은 가슴에서 몇번이나 추락 직전에 겨우 탈출할 수 있었다. 나는 그가 내게 알기를 허락한 세계를 사랑하고 그를 껴안는다.

하지만 내가 존 버저에게 가장 크게 빚진 것은 시간관이었다. 『우리가 아는 모든 언어』에서 그는 시간은 선적인 것이 아니라 순환적인 것이라고 생각했다. 그 순환적인 시간관 안에서 우리의 자리는 선 위의 점이 아니라 원의 중심이다. 실수하지 말자, 이 말은 자아를 매사의 중심에 두라는 말이 아니다. 무엇이 우리를 둥글게 에워싸게 할 것인가에 대한 이야기다. 존 버저는 우리를 둘러싼 원에는 꼭 우리를 향한 것은 아니지만 우리가 목격할 수 있는 텍스트들이 있다고 생각했다. 역사와 자연과 우주의 텍스트들이 그렇다. 존 버저는 그 텍스트들은 혼란스럽게 하는 것들과 공존하면서 가혹한 운명을 극복하는 기발한 방법이 있음을 확인시켜준다고 생각했다.

내 생각에 존 버저는 자신만의 원을 만들기도 했다. 작은 우주라고 해도 좋다. 그림, 음악, 시, 햇살의 기억, 바닷가의 나무에서만 나는 특별한 소리, 친구를 찾아가는 길, 한다발의 꽃, 푸른 하늘, 죽었지만 가슴속에 영원히 살아남은 사람들, 친밀하되 존경심을 불러일으키는 것들로 원을 만들었다. 그는 자신이 만든 원의 영향을 받으면서, 세상 속에 있으면서 세상을 헤쳐나가고 자기 길을 걷고 자기 목소리를 내는 법을 찾아냈다.

나도 존 버저를 따라 날이면 날마다, 밤마다 그 일을 해보는 중이다. 어쩔 수 없이 세상은 자아를 중심으로 돌아가게 되어 있지만 자아는 끝없이 뭔가의 영향을 받고 있다. 자아는 세상과 맺는 관계이다. 나도 담장을 해체하기를 나 자신에게 허락했다. 유아론적 시스템 안에 있으면 그것이 얼마나 진부한 것인지 모르지만 담벼락에 부딪

히는 것은 무척 아픈 일이다.

그다음에 밤마다 가장 아름다운 것들로 이루어진 원을 만들고 그것들에 영향받고 싶다. 그 원은 『반지의 제왕』에서 간달프와 요정이 호빗에게 하는 약속과 같은 효력이 있다. '선을 행할 만한 힘을 가진 모든 이들이 당신을 지키도록 하겠습니다.'

원을 만들면서 남들이 그들의 용기와 꿈에 걸맞게 이룬 업적들과 갖가지 보석 같은 빛나는 문장들을 쌓아놓고 나 혼자 축제를 즐기는 셈이다. 금욕과 쾌락이 뒤섞인 축제의 불타는 밤을 즐기도록 나 스스로 나에게 허락한 셈이다.

나에게는 또하나의 은밀한 꿈이 있다. 이렇게 지상의 가장 아름다운 양식들에 나를 연결시키는 최고로 럭셔리하고 부유한, 한마디로 끝내주는 축제의 공간 속에서 새로운 나를 창조하고 다른 누구와 비교할 것 없이 어제의 나보다 오늘의 내가 더 나은 인간이 되고 말리라는 꿈이다. 이뤄지기 무척 어렵겠지만 일단 꿈부터 꾸고 본다. 우리가 어떤 인간이 된다는 것은 그냥은 안되고 꿈을 내면에 받아들이면서 가능하다고 생각하기 때문이다. 그 꿈이 언젠가 이뤄지는 것을 상상하는 것만으로도 내 마음은 싱그럽고 해맑아진다. 남들이 몰라볼 정도로 심하게 변해버린 내가 다른 누군가의 꿈의 재료가 되고 숨 쉴 만한 피난처가 될 수 있다면 나는 견딜 수 없는 기쁨 때문에 온몸을 부르르 떨 것이다.

자기집착을
버리기

　　나는 지금 오직 사랑하는 친구들을 위해서만 시간을 쓸 줄 알았던 한 사람을 생각한다.

　　2017년 7월 하순의 어느날 나는 세월호 유족과 팥빙수를 먹고 있었다. 그에게 한통의 전화가 걸려왔고 통화 중에 유족은 언성을 높였다. "뭐라고? 그걸 말을 안했다고? 그걸 몰랐다고?" 통화가 끝나자 나는 그에게 무슨 일이냐고 물었다. "박종필 감독 알아요?" 나는 박 감독의 이름만 알고 있었다. 고 김관홍 잠수사의 영상물을 만들었고 목포 신항에서 세월호를 촬영하고 있는 독립영화 감독이었다. "박 감독이 7월 초에 좀 피곤하다고 잠시 쉬겠다고 해서 그렇게만 알고 있었는데, 간암 말기고 한달 시한부라고 해요. 그런데 유족들에게는 절대로 알리지 말라고 해서 우리도 지금 알게 된 거예요." 나도 모르게 달력을 봤다. 한달이 얼마 남지 않았다.

그로부터 일주일도 지나지 않아 타는 듯이 더운 날 그의 부음을 들었다. 퇴근하고 검은 옷으로 갈아입고 서울대학교병원 영안실에 갔다. 장례식장 가는 길에 달이 떠 있고 달 아래 플래카드가 걸려 있었다.

'박종필 감독님, 당신과 함께했던 소중한 시간 절대 잊지 않겠습니다. 416연대'

'가난한 이들의 소중한 친구, 박종필 감독님의 영면을 빕니다. 장애인 등급제·부양의무제 폐지 광화문 공동행동'

슬프지만 강한 사람들이 그의 죽음 아래 모여들었다. 노숙자, 얼굴이 여윈 사람들, 장애인, 산 채로 죽을 뻔했던 사람들…… 세월호 유족의 친구였던 박종필 감독은 칠년간 간경화를 앓았지만 누구에게도 말하지 않았던 것 같다. 그의 발병 소식을 듣고 황급히 달려간 세월호 유족들에게 그가 한 말은 "미안하다"였다. 뭐가 미안했던 걸까?

"더 같이 있어야 하는데……"

그리고 그는 황망한 얼굴의 유족들에게 강조했다. 자신은 원래 아픈 거였다고, 원래 병이 있던 거라고, 세월호를 찍느라 무리해서 아픈 게 아니라고.

나는 그의 추모 영상물을 보고 그가 제작한 독립영화들을 보았다. 그가 힘겹게 숨결을 모아 뱉은 마지막 말은 이것이었다.

"형, 우리는 뭐 하는 사람이야? 뭐 하는 사람이지? ── 형, 우리는 감동을 줘야 하는 사람이야."

이 말을 듣고 눈물을 흘리지 않을 수 없었다. 이제 사라지려는 그의 가슴은 아직도 주고 싶은 사랑으로 얼마나 가득 차 있었던가. 자신이 무엇을 해야 하는지 얼마나 각성되어 있었던가.

그의 유언은 프레데릭 파작의 『나는 빈센트를 잊고 있었다』의 한 부분을 생각나게 했다. 빈센트 반 고흐가 동생 테오에게 보낸 편지 속 글이다.

내가 앞으로 얼마나 더 일할 수 있을지를 생각해보면, 내 몸이 아직 몇년 정도, 대충 육년에서 십년은 더 견딜 수 있을 것 같다. 몸을 아낀다거나 마음의 동요와 이런저런 어려움을 피해갈 생각은 없다. 좀더 오래 사는 문제에는 그다지 관심 없다. 내가 명심하고 있는 것, 그것은 수년 내에 분명한 과업 하나를 완수해야 한다는 것이다. 삼십 년이나 떠돌아다녔기에. 내겐 갚아야 할 부채와 완수해야 할 과업이 있으며, 세상이 내게 관심을 갖는 건 오직 내가 감사의 표시로 추억거리를 하나 남기는 한에서인 것이다.

고흐의 삶을 생각하면 그의 이런 태도는 뜬금없을 정도로 느껴진다. 그가 당한 수많은 거절, 쫓겨남, 멸시, 몰이해를 생각해보면. 고흐 자신도 '테오, 내가 시도했던 일의 실패와 내가 들어야 했던 비난의 물결에 기인하는 엄청난 낙심에서 벗어나는 기쁨을 맛볼 수 있다면 얼마나 좋을까'라고 말했을 정도니까. 상황이 좋지 않을 때조차 감사할 일은 있다는 말을 이 정도까지 밀고 나가볼 수도 있을까? 가능하다면 그것이 바로 '자기 비우기'일 것이다. 무척 어려워 보이지만 자기실현은 어느정도라도 자기를 비워야만 가능하다.

자기집착을 버릴 때 무엇을 볼 수 있을지, 무엇을 느낄 수 있을지 두 사람의 말을 떠올리면서 거듭 생각해본다. 그리고 아마도 이렇게 살아가야 할 것 같다는 생각이 든다. 이런 사람들을 사랑하기를 멈추지 않으면서, 이런 사람들의 삶에 깊이 영향받으면서, 나도 사랑하는 사람이라는 증거들을 남기면서, 슬픈 세상에 기쁘게 참여하면서. 슬픈 인간을 위로하고 기쁨을 주기를, 사랑하는 이들을 기쁘게 하며 살다가 죽기를 꿈꾸면서 말이다.

이런 이야기 속에서라면 해야 할 일, 하고 싶은 일, 의무, 의미, 분투, 힘, 시간사용은 어떻게든 조화를 이룬다. 어떤 이야기들은 새 출발을 가능하게 하는 환상적인 힘을 준다. 그리고 이 글은 깊은 위로가 된다. 나에게 위로란 인간성의 다른 측면을 보는 것이므로.

나는 이 두 사람이 천국에 가 있을 것이라고 생각한다. 천국은 자아가 완전히 제거되는 상태이므로.

자기 자신에 대해
말하기

사생활은 이제 더이상 보호할 필요도 없는 것처럼 실시간으로 마음껏 공개하고 자발적으로 자기 이야기를 하고 있지만 그러나 누구도 모든 것을 다 말하고 있지는 않다. 자신이 취사선택한다. 상대방이 말하지 않으려 하는 것은 존중할 필요가 있다. 누군가 무엇을 말하지 않는다는 것, 그것은 한가지 관점에서만 중요하다. 그것이 삶을 진실되게 사는 데 어떤 영향을 미쳤을까?

모든 고백에는 자신을 변호하는 속성이 있지만, 그러나 변화가 아니라 자신을 정당화하는 것이 주목적인 고백은 말하는 사람에게 내적 해방감을 주지는 않는다.

체짜레 빠베쩨는 자신에 관해 말하는 것이 아니라 자

신에게 말하려 했다.

곰브로비치는 일기는 고백이 아니라 자신을 특정한 방식으로 모든 사람들이 지켜보는 가운데 창조하고 싶어서 쓴 것이라고 했다. '이것이 나 자신이다'라고 말하는 것이 아니라 '그대를 위해 나는 이렇게 되고 싶다'고 말하려 했다. 그는 고백하는 내용이 아니라 추구하는 것, 그것이 진실에 가깝다고 생각했다. '그녀가 말하는 삶과 실제 삶이 얼마나 다르냐'가 아니라 '그녀가 무엇을 찾아냈느냐'가 더 중요하다고 생각했다.

롤랑 바르트는 더이상 자기 자신에 대해서 말하지 않고 사랑하는 타인들에 대해 말하는 것을 구조활동이라고 했다.

수전 손택은 어떤 이야기를 반복한다는 것은 상처투성이 수사학을 만드는 것이라고 했다.

나의 경우에는 나 자신에 대해서만 말하는 것은 생각만 해도 지루하다. 나 자신에게 흥미를 가져보려고 했지만 나의 관심을 끌 만한 점을 아직까지는 단 한번도 발견하지 못했다. 물론 나에게도 나만의 슬픔과 우울, 말로 표현하기 힘든 고통이 없는 것은 아니어서 그것을 말로 표현해본 적도 있는데 어쩌나 진부한지 그 사실에 더 슬퍼졌다. 게다가 가장 중요한 것은 정확하게 기억도 못한다. 나도 모르게 저절로 하는 행동이 좋은 것이기를 원했기 때문에 당연한 결과일 수 있다.

'나는 그렇다' '나는 이렇게 살아왔다'라고 설명할 때가 아니라 '나는 앞으로 이런 사람이 되고 싶다'라고 말할 때가 훨씬 즐겁다.

나를 이해해주기를 바라는 말을 할 때가 아니라 나를 해방시킬 말을 들을 때, 각자의 입장을 고수하는 말이 아니라 각자의 자리를 조금씩 옮겨서 점점 더 가까워지는 말을 나눌 수 있을 때가 더 행복하다.

책에서도 '내 마음이 딱 그래' 나를 대신 표현해주는 말을 발견했을 때의 기쁨도 누려봤지만 그때까지는 없던 나를 새롭게 형성해주는 말을 읽었을 때 기쁨이 더 컸다. 내 생각과 같은 것이 아니라 내 생각보다 더 나은 것을 발견했을 때 기쁨이 더 컸다.

그러나 우리는 자기 자신에 대해서 이야기하지 않을

수 없는 존재다. 우리가 살기 위한 시공간이 필요한 것처럼 우리에게는 이야기가 필요하다. 우리에게는 시작과 끝이 있다. 그런데 시작과 끝만 있는 것은 아니다. 그 사이, 중간 과정이 있다. 그곳이 이야기의 문제적 지점이다.

조너선 싸프란 포어의 말처럼 우리는 우리의 이야기를 하는 사람일 뿐만 아니라 이야기 자체이다. 삶의 이야기가 없다면 삶도 없다. 그리고 더 있다. 우리는 자신이 한 이야기에 영향을 받는 존재다. 자신에 대한 이야기를 다른 식으로 해보라! 특히 주위 사람들에게 먹힌다고 생각해서 몇 번이고 반복해 애지중지해온 과거의 서사가 있다면 그것을 중지해보라! 진정한 급진주의는 뻔한 서사를 중지하는 것이다. 이때 중요한 것은 이야기 자체라기보다는 그 이야기로 무엇을 하려는 것인가,라는 질문이다. 어떤 이야기를 반복하고 애지중지한다면 그 이유는 무엇인가, 그 이야기는 무엇에 좋고 도움이 되는가, 혹시 자신에게도 해가 되고 있지는 않은가?

지금 애용하는 이야기를 다른 측면에서 본다면, 언젠가는 과거를 다른 방식으로 이야기할 수 있다면 삶은 지금과는 다른 식으로 진행될 수 있다.

　최근에는 『말하는 보르헤스』에서 불멸에 대한 멋진 생각을 발견해서 기뻤다. 『천일야화』이야기다. 네 아이를 데리고 사는 가난한 어부가 있었는데 그는 매일 어느 바닷가에서 그물을 던졌다. 어느날, 네번째 그물을 던졌을 때 어부는 무거운 것을 건져올릴 수 있었다. 물고기가 가득하기를 바랐지만 그가 건져올린 것은 솔로몬의 인장이 찍힌 노란 구리 항아리였다. 항아리를 열자 짙은 연기가 피어올랐다. 연기는 하늘 높이 치솟더니 곧 요정으로 변했다. 어부는 요정에게 왜 항아리에 갇혀 있었느냐고 물었다. 요정은 자기는 솔로몬에게 반항했던 요정 중 한명으로, 솔로몬이 자신을 항아리에 넣은 다음 봉하여 바다 깊숙이 던져버렸다고 말했다. 그로부터 사백년이 흘러서 요정은 자신을 해방시켜주는 사람에게 이 세상의 모든 금을 주겠다고 약속했으나 그런 일은 일어나지 않았다. 그러자 요정은 자신을 해방시켜주는 사람에게 새의 노래를 가르쳐주겠다고 약속했다. 수세기 동안 요정의 약속은 늘

어만 갔지만 계속 아무 일도 일어나지 않았고 마침내 요
정은 자신을 구해주는 사람을 죽여버리겠다는 약속을 한
다. 요정은 어부에게 말한다. "나의 구원자여, 이제 나는
약속을 지켜야만 합니다. 죽음을 준비하십시오." 어부는
그 말을 믿지 않는 척하기로 한다. "당신의 말은 사실이
아니라오. 머리는 하늘에 닿고 다리는 땅을 딛고 있는 당
신이 어떻게 항아리에 들어갈 수 있단 말이오?"

"당신은 내 말을 믿지 않는군요. 그렇다면 내가 보여
드리지요."

요정은 항아리에 다시 갇힌다. 세월이 흘러 이 이야기
의 주인공은 왕으로 바뀐다. 이렇게 해서 이야기는 어지
럽고 증식하고 고갈되지도 죽지도 않고 어마어마하게 늘
어나면서 여전히 살아 있다.

이에 대해 보르헤스는 아름다운 해석을 했다. 누가 이
이야기들을 만들어냈는지, 누가 이야기가 계속되도록 기
여했는지 모르지만 이 이야기에서 중요한 것은 만든 사람
의 이름이 아니다. 우리는 이렇게 이름에서 겨우 해방된
다. 중요한 것은 어떤 이야기의 불멸이다. 우리는 불멸할

것이다. 개인적 차원에서 불멸하는 것이 아니라 우주적 차원에서 불멸할 것이다.

나는 보르헤스의 이 생각에 감동을 받았다. 대물림되는 재산 세습 같은 이야기만 듣다보니 이 이야기에서 거의 우주적 해방감을 느꼈고 이 이야기로 나의 내일이 만들어질 것이라는 희망을 품게 되었다.

어떤 이야기를 듣고 감동을 받는다면 그 이야기는 나의 일부가 된다. 앞으로 될 내 모습에 보태어진다. 나는 나를 이야기할 때 이 이야기를 하고 싶다. 즉, 나는 어떤 이야기가 불멸하기를 원했는가? 어떤 이야기가 계속되는데 기여했는가?

중요한 게 없다면
지킬 것이 없단다

헨리 데이비드 소로우는 외롭지 않냐는 말에 '나는 고독을 즐긴다. 당신 주위에 가장 가까이 두고자 하는 대상은 누구인가? 무엇인가? 우리 바로 곁에 있는 존재는 우리의 존재를 창조하는 명공이다'라고 했다. 그렇다면 나는 지금보다 훨씬 더 고독을 즐기고 싶다. 훨씬 더 책과 아름다움을 가까이 하고 싶다. 무엇인가를 가까이 둔다는 것은 무엇인가를 멀리 할 수 있는 힘을 가지고 있다는 말이기도 하다. 뭔가를 하고 있다면 다른 것을 하고 있지 않은 것이다. 무관심도 힘이고 무엇을 하지 않으려 하는 것도 힘이다. 어떤 때는 남들의 말을 듣지 않아야 자기 삶을 살 수 있다. 자기창조는 무엇을 가까이 두는 것과 가까이 두지 않으려 하는 힘 사이의 긴장관계가 아닐까 하고 생각해본다.

신기한 것은 내가 요새 가까이 두려는 책은 무엇을 멀리 하려는(더이상 하지 않으려는) 내용이 적혀 있는 책들이다.

'더이상 …을 하지 않기로 했다.'

'아무리 그래도 그건 아니에요.'

'그런 것을 받아들이면 내가 내가 아닌 것같이 느껴져요.'

'아니오.'

알래스카와 캐나다 국경 지대에 흩어져 사는 구친 인디언들은 이년에 한번씩 집회를 한다. 어느해 여름, 일주일간 계속된 집회의 마지막 날, 북극권 야생생물 보호구역과 유전개발 문제가 주제로 등장했다. 구친 인디언 노인이 그린 포스터가 집회 장소에 붙어 있었다. 포스터에는 이렇게 씌어 있었다.

'들소떼는 사라졌지만 우리에겐 카리부를 살릴 기회가 남아 있습니다.'

이 한장의 포스터 아래서 구친 인디언들은 유전개발이란 국가 주도 프로젝트에 대해 'NO'라고 말했고 그렇게 미래를 만들려고 했다.

이 문장은 내 마음속에서 이렇게 변형되었다.

'비록 …했지만, 우리에겐 아직 …할 시간이 있다.'

이 문장은 이미 살아온 삶 때문에 생긴 내 마음속 슬픈 회한 위에, 잃어버렸다고 생각한 시간 위에 내려앉았고, 내가 나 자신의 미래에 관심을 두고 염려하는 한 가슴속에 영원히 살아남을 것이다.

이 이야기를 친구에게 들려줬더니 언제나 내 생각을 더 명백한 것으로 바꾸는 능력이 있는 친구가 그때도 역시 머리에 불이 켜진 것처럼 환해지는 이야기를 들려줬다. 조너선 싸프란 포어의 『동물을 먹는다는 것에 대하여』에서 유대인 할머니는 손자에게 인생 이야기를 들려준다. 할머니의 말을 그대로 옮겨보겠다.

"우리는 부자는 아니었지만 늘 넉넉했단다. 목요일에 빵과 할라와 롤을 구우면 일주일은 너끈했지. 금요일에는 팬케이크를 만들었고, 안식일에는 항상 닭고기와 국수를 먹었지. 푸줏간에 가서 비계를 조금 더 얻어오곤 했지. 기름기가 제일 많은 부위가 최상급이었단다. 지금하고는 달랐지. 냉장고는 없었지만, 우유와 치즈가 있었어. 채소를 가지가지 다 먹지는 못해도, 양은 충분했단다. (…) 우리는 행복했단다. 우리가 아는 건 그 정도였어. 그리고 우리가 가진 것에 만족했지.

그러던 중 모든 것이 바뀌었지. 전쟁은 그야말로 지옥이었고, 나는 아무것도 가진 게 없었단다. 너도 알다시피, 나는 우리 가족과 헤어졌어. 밤이고 낮이고, 쉬지 않고 달렸어. 독일군들이 줄곧 내 등 뒤를 바짝 쫓고 있었거든. (…) 먹을 것도 충분치 않았어. 나는 먹지 못해서 점점 더 병이 깊어졌단다. 뼈만 남은 정도가 아니었어. 온몸이 다 짓물렀지. 움직이기도 힘들었어. 몸이 너무 나빠져서 쓰레기통을 뒤져 먹을 것을 찾았단다. (…) 찾을 수 있는 것이라면 뭐든 가리지 않고 먹었지. 너에게는 차마 말할 수 없는 것도 먹었단다.

(…) 내가 또 하루를 살 수 있을지 알 수 없었어. 한 러

시아 농부가 내 꼴을 보고는 자기 집으로 들어가더니 나에게 줄 고기 한조각을 갖고 나왔단다."

"그 농부가 할머니 목숨을 살렸군요."

"난 먹지 않았다."

"안 드셨다고요?"

"돼지고기였어. 난 돼지고기는 절대 먹지 않아."

"어째서요?"

"어째서라니?"

"그게 코셔(전통적인 유대교의 율법에 따라 선택, 조제된 음식물)가 아니라서 안 드신 거예요?"

"그야 물론이지."

"하지만 먹으면 목숨을 구할 수도 있는데도 안 드셨단 말이에요?"

"중요한 게 아무것도 없다면, 지켜야 할 것도 없는 법이란다."

'중요한 게 아무것도 없다면, 지켜야 할 것도 없는 법'이라는 말을 들으니 갑자기 내가 잘 알고 지내는 칠순 여인이 생각난다. 그녀는 아주 알뜰하다.

아주 더운 여름날, 나는 그녀가 땀을 뻘뻘 흘리는 것을 보았다.

"그렇게 더우면 에어컨을 켜도 되지 않을까요?"

"나는 여름 내내 한번도 안 켰어."

"전기세 때문에 그러세요?

"아니야. 그건 아니고……"

"그럼요?"

"우리 집 에어컨 실외기가 골목을 향해 있거든. 내가 에어컨을 켜면 골목이 더워지잖아. 골목도 좁거든."

"그럼 그 골목을 지나다니는 사람이 더울까봐 에어컨을 켜지 않는 거예요?

"그야 물론이지."

"에어컨을 조금만 켜면 어때요?"

"참을래. 나는 어쩐지 남들이 나 때문에 피해 보나 안 보나 그게 제일 중요하더라고."

그리고 이 두 여인의 이야기를 배경으로 맥베스의 음

성이 들려온다. 맥베스는 국왕을 살해하기 전에 이렇게 생각한다. '어차피 할 일이라면 해버리자.' 그뒤에 맥베스는 지옥에 떨어진다. 국왕 시해 뒤 맥베스는 이렇게 외친다. '이 사건 한시간 전에만 죽었어도 난 축복받았을 거예요. 지금 이 순간부터 삶에서 중요한 건 전혀 없을 테니까…… 삶의 즙은 다 빠지고 남아 있는 건 찌꺼기뿐이오.'

맥베스는 충성, 우정, 편안한 잠 같은 중요한 것을 버렸다. 그것들은 다시 찾을 수 없는 것이었다. 그는 파멸했다.

우리는 자신이 중요하다고 생각하는 일에 자신을 맞춰가면서 자신을 창조한다. 어떤 것도 다른 것보다 중요하게 생각하지 않거나 아무것도 중요하게 여기지 않는다면 그때부터 권태와 추락은 시작된다. 그때 우리 마음은 현재에도 미래에도 머무를 수 없다. 반대로 무엇인가를 중요하게 생각해서 온갖 악조건에도 불구하고 지켜낸다면 우리 마음은 현재와 미래에 동시에 머무를 수 있다. 삐소아는 인생은 누군가 헝클어놓은 실뭉치, 실타래도 없이 실을 감는다면 핵심이 빠진 것이라고 했다. 까뮈는 자신에게는 안내자와 구심점이 필요하다고 했다. 중요하게 생각하는 원칙과 가치가 없다면 상황만이 있을 뿐이다. 더 높은 가치를 두는 것이 없다면 세상은 원래 그런 곳이고, 사는 것은 그저 그런 것이라고 생각하게 될 가능성이 높다.

삶에서 중요하게 여기는 것이 무엇인가?에 대해서라면 나에게도 어떤 기억이 있다. 헨리 데이비드 소로우는 자신이 월든 숲속으로 들어간 이유는 '깨어 있는 삶'을 살기 위해서였고, 삶의 본질적인 사실만을 직시하고 그로부터 교훈을 얻을 수 있는지 알아보고 숨을 거둘 때 깨어 있는 삶을 살지 않았다고 후회하지 않기 위해서라고 말했다. '삶은 정말 소중하므로 삶이 아닌 삶을 살고 싶지가 않았다.' 그것이 그를 관통하는 생각이었다.

나도 언제부터인가 소중하지 않은 일에는 시간을 쓰고 싶지 않아졌다. 소중하지 않은 생각은 별로 쳐주고 싶지도 않았다. 지난 몇년간 나의 꿈은 삶을 나 자신에게 본질적으로 소중하고 중요한 것으로 축소시켜보는 것이었다. 그 본질적인 것 안에 이야기가 하나 있다.

잠시, 우리 이야기의 처음에 등장했던 2016년 봄, 쿄오또로 돌아간다. 회사원은 그대로 앉아 있었다. 꽃망울 그늘 아래. 반쯤 베어 먹은 쌘드위치를 들고. 그의 한쪽 눈은 현실 속에, 한쪽 눈은 간절함 속에 있었다. 나 혼자 그에게 마음속으로 작별인사를 하고 료안지(龍安寺)라는 곳에 갔다. 세계문화유산으로도 지정된 료안지. 그곳에 뭐가 있을까? 가로 25미터, 세로 10미터, 돌과 흰모래로만 이루어진 카레산스이 정원인 '석정'이 있다.

료안지 석정에 대한 정보는 쉽게 얻을 수 있을 것이다. 그래도 간단히 설명하자면 일본식 정원은 두가지다. 하나는 물과 다리와 나무와 꽃이 가득한 정원. 또하나는 그와 정반대. 물, 다리, 나무 꽃이 없고 오직 흰모래 위에 바위만 있는 정원. 이런 정원을 카레산스이(마른 정원)라고 한다. 마당에 흰모래만 쭉 펼쳐져 있고 바위만 몇개 뜬금없이 서 있는 정원을 상상하면 되는데, 조금 싱겁다 싶은 이곳에 전통이 나름대로 부여한 의미는 있다. 바위는 섬을, 흰모래는 우주 또는 바다를, 빗질 자국은 물의 흐름을 상징한다. 이곳에서 존 케이지가 「4분 33초」의 영감을 얻기도 했다. 열다섯개의 돌은 다섯개, 두개, 세개, 두개, 세개씩 무리지어 배치되어 있는데, 이 열다섯개 돌들의 모양과 배치는 보는 사람의 생각에 따라서 서로 다르게 보이고 열다섯개의 돌을 한꺼번에 볼 수 있는 사람은 없다. 이렇게 돌 열다섯개를 볼 수 없는 것은 인간은 결코 모든 것을 알 수도, 손에 넣을 수도 없으니 '족함을 알고 살아야한다'는 불교 선종의 진리를 뜻한다고 한다.

나는 석정 툇마루에 앉았다. 나는 석정과의 첫 대면에서 할 말을 잃고 멍해졌다. 공간이 아주 고요했고 단순했고 침묵으로 가득했다. 현실이 아니라 그림 속 툇마루에 들어가 앉아 있는 것 같았다. 그곳은 내 눈으로 본 가장 극한의 미니멀리즘 장소 중 하나였다. 허구적으로 단순화시킨 곳이지만, 아직 나에게 아무 일도 일어나지 않은 장소, 언제인지 알 수 없는 까마득한 그 옛날, 생의 모험을 시작한 출발지에 있는 것 같았다.

아주 부드러운 날이었다. 그곳에서는 아무도 말을 하지 않았다. 가장 중요한 말들이 가장 먼저 침묵이 되었다. 꼭 해야 하나 아직은 할 수 없는 말들이 가장 먼저 침묵이 되었다. 그날 나는 말의 기원이 침묵이란 것과 어느날 우리는 하나의 목소리가 될 것이라는 것을 다시 깨달았다. 침묵 속에서 그 공간은 나에게 이런 질문을 던졌다. 꼭 필요하지 않은 것을 차례차례 다 버리고도 네게 남게 되는 것, 너에게 '그것'은 무엇인가? 다른 무엇으로도 환원할 수 없는 본질적인 것이 네게 있는가?

사실 석정을 그렇게 본 것은 내 마음이었을 것이다. 싸르트르가 말한 것처럼 '풍경은 그것을 보는 사람의 영혼의 상태'니까. 그때 마음 한가운데 가장 고요한 곳에서 떠오르는 이야기가 있었다.

2015년 봄의 일이었다.

어느 토요일 안산 단원고등학교 고 이수현 군의 친구 재성이를 낙원상가에서 만났다. 당시 재성이는 대학 신입생이었다. 우리는 동시에 빨간색 기타를 바라보고 있었다.

저와 수현이는 가장 친한 친구 사이였어요. 우리는 중학교 2학년 때 만났어요. 우리 둘은 같은 반이었는데 수현이는 그때 벌써 기타를 메고 다녔어요. 그 무렵 저도 기타가 생겨서 같이 밴드 활동할 사람을 모으기 시작했어요. 당연히 제일 먼저 수현이랑 이야기가 되어서 그때부터 밴드 활동을 같이 했어요. 밴드 이름은 'double A'였고 일곱 명이 같이했어요. 수현이는 기타를 잘 쳤어요. 나머지 멤버들은 기타 줄을 갈아끼울 줄도 모르니까 수현이가 처음부터 다 알려줬어요. 수현이는 우리가 연습할 때 전체를 볼 수 있는 중간 부분 뒤쪽 정도 위치에 서 있었고 나중에는 키보드를 맡았어요. 악기를 제대로 다루는 애들이 밴드를 한 것이 아니라 악기를 가진 애들이 했기 때문에 우리는 그야말로 오합지졸이었어요.

그런데 이상하게 어쩌다 음이 딱 맞아 떨어질 때가 있었어요. 그렇게 잘된 날은 우리가 생각해도 하도 이상해서 멀뚱멀뚱하게 서서 박수 치곤 했어요. 우리 엄청 늘었다 이러면서요. 연습은 즐거웠어요. 다들 자기 악기 다루기 바빴는데, 그래도 서로 딱 음이 맞아떨어지는 순간이 있고 그때가 제일 좋았어요.

나중에 중학교 졸업하고 수현이와 저는 다른 고등학

교로 진학했어요. 수현이는 단원고로 갔어요. 그때 헤어질 뻔했는데 수현이가 그랬어요. "우리, 이렇게 끝내기 아쉽지 않니?" 저도 아쉬웠어요. 그래서 우리는 다시 'A.D.H.D'라는 밴드를 구성했어요. 단원고뿐만 아니라 다른 학교 아이들도 섞여 있었어요. 그래서 교내 축제공연 무대 같은 데는 한번도 못 서봤어요. 각자 용돈을 모아서 연습실을 빌려서 이주에 한번씩 연습했어요. 세부적인 것은 수현이가 다 알아봤어요. 연습곡도 대개 수현이가 제안했고 그 곡을 나머지 멤버들과 함께 들어보고 정했어요. 가장 많이 연습한 것은 국카스텐의 곡들이었어요. 수현이가 국카스텐의 「거울」을 특히 좋아했어요. 이건 좀 심오하다! 우리끼리 그렇게 말했어요.

하지만 실력이 그렇게 쑥쑥 는 것은 아니었어요. 우리는 중학교 때부터 밴드 연습을 해서 어느정도는 했는데 기타 중에 한명이 생초보였어요. 그 친구는 우리가 밴드 하는 것을 보고 자기도 악기를 배우고 싶어서 멤버가 되었어요. 그래도 그 친구에게 천천히 알려주면서 같이 연습했어요. 수현이가 하는 말이 있었어요. "우리는 즐겁게 하자. 급할 것 없잖아." 맞아요. 우리는 급할 게 없었어요. 시간이 많은 줄 알았어요.

연습이 잘된 날 수현이가 늘 하던 말이 있었어요. "우리 오늘 좀 잘한 것 같다." 그밖에 연습 때뿐 아니라 평소에도 수현이가 가장 많이 한 말은 "우리 즐겁게 하자" "우리 놀러 가자"였어요. 우리 놀러 가자! 대학시험 끝나면 알바해서 놀러 가자! 여행 가자! 수현이는 항상 '우리'로 있는 것을 좋아했어요. 항상 그렇게 말했어요. 우리 놀러 가자! 우리 다 함께 놀러 가자! 쉬는 날에는 안산에서 지하철 타고 우린 같이 낙원상가에 많이 갔어요. 우리 대화의 99%가 음악과 악기였으니까요. 수현이가 사고 싶어하던 기타는 '티즈 아크 스탠다드', 베이스는 일본 '팬더 62 리이슈'였어요.

수현이와 마지막 만난 것은 함께 머리 자르러 미장원에 갈 때였어요. 수현이와는 약속을 정할 때 "만나자!" 이렇게만 말해요. 어디서 만나자는 말은 하지 않아도 우리가 만나는 곳은 딱 정해져 있었어요. 화랑초등학교 앞 사거리 횡단보도. 저는 왼편에서 오고 수현이는 오른편에서, 그러면 횡단보도 중간에서 만나요. 거기서 둘이 만나 미장원에 가기도 하고 버스 타고 연습실에 가기도 했어요. 우리는 연습 끝나고 돈이 있으면 밥을 먹고 없으면 햄버거를 먹었어요. 수현이와 마지막으로 만난 그날은 머리 자르고 나니까 둘 다 돈이 없었어요. 햄버거도 먹지 못해서 마지막으로 한 말은 "다음에 맛있는 것 먹자!"였어요.

세월호 사고 소식은 학교에서 들었어요. 저는 수현이가 죽었을 거란 생각은 아예 하지도 못했어요. 그러다가 수현이가 죽었다는 것을 알게 되었어요. 그뒤로 제가 어떻게 지냈는지는 잘 모르겠어요. 하지만 우리 아버지 말이 제가 말을 하지도 먹지도 않았다고 해요. 아마 많은 것이 변하고 있었을 거예요. 미장원은 삼년 정도, 한달에 한 번 꼭 수현이랑 가던 곳이었기 때문에 수현이 죽고 나서는 가지 않게 되었어요. 연습실도 수현이 죽고 나서는 가지 않았어요. 밴드 멤버 중 단원고생이 셋이었는데 그 친구들 모두 하늘로 갔어요. 그래서 악기도 더이상 연주하지 않게 되었는데, 수현이 방에서 나온 버킷리스트 때문에 기타를 다시 들 일이 생겼어요. 버킷리스트의 내용 중에 재즈피아노로 사람들에게 인정받기, 아빠에게 수제 기타 만들어 드리기, 작곡과 공연하기, 전적으로 남을 위해 봉사하기 등등이 있었어요. 그 버킷리스트 때문에 「열일곱살의 버킷리스트」라는 공연을 많은 분들이 도와줘서 하게 되었어요.

버킷리스트 공연 첫날 제가 무대에 섰어요. 수현이의 에피폰 기타를 들고 무대에 섰어요. 수현이가 늘 들고 다니던 기타였어요. 국카스텐 곡을 연주했는데 공연 전에는 너무 긴장해서 아무 생각도 나지 않았어요. 공연 도중에 몇번 틀리기도 했는데 어쩐지 수현이가 도와주는 느낌이 들었어요. 수현이가 보고 싶었어요. 수현이 말대로 우리가 같이 있다고 생각했어요. 공연 끝나고 나서 수현이랑 늘 그랬던 것처럼 수현이에게 말했어요. "우리 오늘 좀 잘한 것 같다."

처음 들을 때부터 이 이야기는 내 인생 안에 들어왔다. 무척 슬프고 고통스러우나 어쩐지 아름다운 이야기였다. 이 이야기 안에 있는 친밀감, 다정함, 우리로 존재한다는 것의 기쁨과 안정감, 우정 그리고 사랑, 깊은 상실. 우리가 된다는 것은 이토록 멋진 일이고 분리는 이토록 고통스러운 일인 것이다. 이토록 끔찍한 상황 뒤에 이렇게 아름다운 이야기가 있고, 이렇게 아름다운 이야기 뒤에 이렇게 끔찍한 비극이 있다는 것을 아직은 어떻게 말해야 할지 모르겠다. 그러나 분명한 것은 있다. 이렇게나 서러운 마음으로도 계속 꿈꿔야 한다는 것, 계속 사랑할 수 있기를 꿈꿔야 한다는 것. 사랑이야말로 무엇으로도 환원할 수 없는 가치를 우리에게 부여한다.

　나는 수현이의 말 중에 '우리, 이렇게 끝내기 아쉽지 않니?' 이 말을 떠올리면 항상 웃는다. 목소리도 알 것 같다. 뭔가가 계속되어야 한다는 이런 갈구가 좋다. 이 이야기 안에 있는, 그리고 우리의 삶 안에도 있는 이 사랑스러운 점들이 앞으로 어떻게 될 것인가? 파괴를 견디고 살아남을 수 있을 것인가?

　나는 이 이야기를 지키고 싶었다. 우리가 우리 안에 있는 가장 좋고 가치 있고 사랑할 만한 것을 죽이는 사회에 살고 있으므로 더욱 나는 이 이야기를 지키고 싶었다.

누군가를 위해 입을 열 필요가 전혀 없는 순간, 내게 떠오른 이야기는 바로 이것이었고 석정을 나가 하나의 목소리를 낸다면 바로 이 말을 할 기회를 제일 먼저 만들어 내고 싶었다.

"우리 오늘 좀 잘한 것 같다."

꽤 긴 시간 툇마루에 앉아 있었던 것으로 기억된다.

뒤를 돌아보니 까칠한 선생님이 양지바른 곳에서 나를 기다리고 있었다. 가버릴 절호의 기회였는데 말이다.

"쿄오또가 마음에 드시나보군요."

3장

● ● ●

사랑과 우정

고독한 셀프테라피가
아니라면

이딸리아의 한 소설에는 이런 말이 적혀 있다고 한다. '거의 전적으로 아는 바가 없는 이야기에 귀를 기울일 줄 아는 것이 삶에 작별을 고하는 가장 행복한 방법이다.'

엄청나게 끌리는 생각이다. 그럴 수 있다면 좋겠다. 특히 그 이야기가 여행에 관한 것이라면 나는 그것이 보물인 줄 알고 행복한 눈물을 흘리면서 죽어갈 것이다.

"우리 내년에는 어디로 여행 갈까?"

"우리, 고래 보러 가자."

"우리, 오로라 보러 가자."

아! 이런 이야기만 하고 살 수 있다면 얼마나 좋을까? 스코틀랜드의 작가 캐슬린 제이미의 『시선들』은 거의 전적으로 아는 바가 없는 이야기로 가득 차 있다. 발살렌, 세인트 킬다, 로나, 라 쿠에바. 이런 지명들은 상상력을 자극하고 그녀가 묘사한 장소들은 황량하지만 깨끗한 향수를 불러일으킨다. 그녀의 말대로 그런 곳에 있으면 뼈가 피리가 될 것 같다. 가넷, 흰올빼미, 흰허리바다제비, 범고래 등을 찾아다니는 그녀의 여행기는 다른 세계와 다른 이야기로 인도하는 웜홀 같다. 이를테면 19세기에 지어진 베르겐 자연사박물관의 발살렌(고래홀) 같은 곳. 그곳에는 백삼십년 동안 천장에 매달려 있는 스물네마리 고래 뼈가 있다. '긴수염고래 15.7m, 1867년' '대왕고래 24m, 1879년'. 문제는 베르겐박물관이 여러모로 의문투성이란 점이다. 고래가 어떻게 베르겐까지 왔지? 누가 고래를 옮겨 천장에 매달아놓기까지 했지?

또하나 의문의 이야기가 있다. 아이슬란드로 가는 길에 있는 북대서양의 마지막 푸르른 언덕인 로나 섬. 한때 인간이 살았으나 이제는 회색바다표범과 새들만 사는 곳. 그렇다면 로나에 살던 사람들은 어떻게 되었을까? 기록에 따르면 로나 사람들은 하늘, 무지개, 구름의 색깔에서 자신의 이름을 따왔고 세상 도처에 널려 있는 악덕을 완벽하게 모르는 옛 종족이다. 마지막에 그 섬에 표류했던 사람들은 로나 주민들의 최후에 대한 글을 남겼다. 인간이 사라진 로나 섬에 범고래 네마리가 찾아왔고, 캐슬린 제이미 일행이 섬을 빙글빙글 도는 범고래를 보려고 절벽 위를 질주하는 장면은 특히 아름답다.

그런데 그녀는 대체 어떻게 이런 여행을 하고 다른 생명체의 노래를 알아듣고 저마다 다른 생명체들의 고유한 아름다움을 알아볼 수 있게 되었을까? 그녀 인생에 일어난 가장 예상치 못한 일, 뜻밖의 좋은 일, 그것은 관심사를 공유하는 사람들을 만나게 된 것이다. 가령 그녀처럼 십대 때에는 인적이 드문 해변을 거닐면서 발아래를 내려다보았고, 나이가 더 든 다음에는 그것을 경력으로 삼은 아마추어 박물학자, 조류학자, 고고학자인 사람들……

이런 생각이 든다. 한때 사랑했고 마음을 두었던 것을 포기하지 않으면 결국 같은 길을 가는 사람들을 만나게 되는 걸까? 그만큼 반갑고 힘 나고 신나는 일이 또 있을까?

그런데 이 책의 제목은 '시선들'이다. 모든 글이 아름답지만 제목에 대해서 자꾸 생각하게 된다. 자신만의 경험, 어려움, 관심사, 슬픔, 기쁨을 통과하는 우리의 문제 많은 삶, 우리를 애태우는 삶, 지쳐빠지게 하는 삶. 그 삶을 꿋꿋하게 살다보면 어느날 우리가 얻게 되는 것은 해답이 아니라 어떤 특별한 '시선'이란 생각이 든다. 현실을 직시하되 다른 결론에 이르는 시선.

나에게 친구는 시선과 관련이 있다. 가깝거나 죽었거나 만나보지도 못했으나 내가 친구라고 생각하는 사람들은 세상을 보는 방식, 나의 시선을 바꿔주었다. 그들의 시선이 향한 곳을 따라가면서 낯설고 새로운 세상으로 한발 자국씩 들어갈 수 있었다. 또다른 여행이었다.

책을 읽은 후 즐겨 던지던 질문이 있다. 예를 들면 도스또옙스끼의 시선으로 보면 세상은 어떨까, 이딸로 깔비노의 시선으로 보면 이 일이 어떻게 보일까?

도스또옙스끼라면 부자와 권력자와 유명인이라 불리는 사람들에게 관심이 쏠리는 것을 도저히 이해할 수 없었을 것이다. 그는 부자와 권력자, 유명인에 대해서라면 손톱만 한 관심도 없었다. 그는 돈에 쪼들렸지만 돈을 원한다기보다는 돈을 비웃었다. 행복과 만족감? 그것도 그의 관심사가 아니었다. 그의 관심은 고통받는 사람의 가슴에 있는 고귀함이었다. 그가 그 줄곧 인기 없는 문제에 골몰했었다는 것 자체가 그의 용기다.

이딸로 깔비노는 우주의 관점에서 보면 모든 것이 예측할 수 없는 일이라고 생각했기 때문에 예측대로 되지 않는 것에 대해 인내심을 갖고 열려 있을 수 있었다. 깔비노는 이 삭막한 현실로만 살 수 없으므로 우리에게는 다른 이야기가 필요하다고 생각했고 우리가 정답인 줄 알고, 그래야만 하는 줄 알고 갇혀 있는 세계 너머 조금 더 높은 곳으로 — 이를테면 나무 위 — 훌쩍 뛰어올라갔다. 그는 정답이 아니라 경이로움을 즐기면서, 삶을 견디기만 하는 것이 아니라 도약하면서 이 세상의 혼돈 위에 서 있을 줄 알았다.

이딸로 깔비노의 수많은 시선 중 두가지를 인용해보고 싶다. 깔비노는 우리의 현실이 우리가 미처 발견하지 못한 새로운 의미들로 충만해 있음을 알고 있었다. 그러나 우리 중 한 사람도 빠지지 않고 사라짐의 왕국에 들어갈 것이라는 것과 우리는 무의 가장자리에 힘겹게 서로 모여 있다는 것, 그렇기 때문에 아주 빨리 공허감에 빠져 들 수 있다는 것, 그러나 우리가 빠져드는 무 역시 완전한 무가 아니라 존재의 흔적들이 서려 있는 무라는 것을 알고 있었다. 깔비노는 무 너머 펼쳐진 약간의 세계를 사랑했다. 그리고 그 사랑이 우리를 고무시킨다는 것을 알고 있었다.

『보이지 않는 도시들』에서 쿠빌라이 칸과 여행자 마르꼬 뽈로가 이야기하는 장면을 옮겨보겠다.

……칸은 게임에 집중하려 애썼다. 하지만 이제 게임의 목적은 그에게서 사라졌다. 모든 게임의 결과는 승리 아니면 패배이다. 그런데 무엇을 얻고 무엇을 잃는 것인가? (…) 결정적인 정복을 이뤘다 해도 거기서 얻은 제국의 다양한 보물들은 사람을 현혹하는 껍질에 불과하며, 그러한 정복은 대패로 민 체스 판 위에서 무(無)일 뿐이다.

그러자 마르꼬 뽈로가 말했다.

"폐하, 폐하의 체스 판은 흑단과 단풍나무로 상감 세

공을 한 것입니다. 폐하의 빛나는 시선을 붙잡아두는 체스
말은 가뭄이 든 해에 자란 나무 둥치의 한층을 잘라 만든
것입니다. 나뭇결이 어떻게 배치되었는지 보시겠습니까?
(⋯)

여기 아주 커다란 구멍이 하나 있습니다. 이것은 어쩌
면 유충의 보금자리였는지도 모릅니다. 생겨나자마자 계
속 구멍을 냈으니까 나무좀이 아니라 나뭇잎을 갉아먹는
나비 유충의 구멍이었을 것이며, 이 나무가 잘릴 나무로
선택된 것은 바로 이 때문일 것입니다⋯⋯ (⋯)"

쿠빌라이는 매끄럽고 속이 빈 나뭇조각에서 읽을 수
있는 수많은 것들 속에 잠겨버렸다. 벌써 마르꼬 뽈로는
흑단나무 숲, 강물들을 따라 내려오는 뗏목들, 뗏목의 도
착지들, 창가에 얼굴을 내민 여인네들에 관해 이야기하고
있었다⋯⋯

두번째 시선, 그는 삶을 사랑한다는 것은 있는 그대로
의 삶이 아니라 있는 그대로의 삶보다 훨씬 나은 것, 세상
이 제아무리 바뀌어도 변하지 않을 것을 사랑하는 것이라

는 점을, 그리고 우리는 영원히 그것을 그리워할 것이라는 점을 내게 알려줬다.

『우주만화』에서 옛날 옛날 아주 먼 옛날 동료들은 버스 정류장 같은 데서 우연히 만나기도 하는데, 만나자마자 이내 옛날 옛날 아주 먼 옛날의 적대감이나 갈등을 다시 끄집어내기도 한다. 그런데 딱 하나, 프(이)느크 부인의 이름을 꺼내면 갑자기 모든 천박함은 사라지고 모두 행복감을 느끼고 너그러워지고 위안을 받게 되는 것이다. 부인은 모두가 잊지 않고 모두가 그리워하는 유일한 사람이다. 어느 순간 그녀는 이렇게 말했다.

"얘들아, 조금만 더 공간이 있다면, 너희들에게 맛있는 칼국수를 만들어줄 텐데!"

『우주만화』의 한 부분을 그대로 옮겨보겠다.

바로 그 순간 우리들은 모두 공간을 생각했습니다. 말하자면 얇은 밀가루 반죽 위에서 밀방망이를 앞뒤로 움직이는 그녀의 동그란 팔이 차지할 공간, 팔꿈치까지 하얀 밀가루와 기름에 뒤덮인 그녀의 두 팔이 반죽을 하는 동안, 널따란 도마 위에 수북이 쌓인 밀가루와 달걀 더미 위로 출렁이는 그녀의 가슴이 차지할 공간을 생각했지요. 우리는 밀가루와 밀가루를 만들 밀, 밀을 경작할 밭, 밭에 필요한 물을 흘러내리게 할 산, 그리고 국물용 쇠고기를 제공해줄 소떼들을 위한 목초지가 차지할 공간을, 곡식들이 익도록 태양이 햇살을 비출 공간을 (…) 생각했습니다. 그리고 우리가 그런 생각을 하는 바로 그 순간, 걷잡을 수 없이 우주 공간이 형성되었습니다. (…) 그녀는 우리의 그 폐쇄되고 천박한 세계 한가운데에서 하나의 너그러운 충동을, 말하자면 '얘들아, 정말 맛있는 칼국수를 맛보게 해줄게!' 하고 말했던, 최초의 진정한 보편적 사랑의 충동을 준 것입니다. 그와 동시에 공간이라는 개념, 진정한 의미의 공간, 시간, 만유인력, 중력의 우주를 최초로 탄생시켰으며, 수천억개의 태양과 행성, 밀밭, 그리고 수많은 프(이)느크 부인들을 탄생시켰으며, 그녀들은 여러 행성들의 대륙으로 흩어져 밀가루가 하얗게 묻은 풍성한 팔로 반죽을 하였지요. 그리고 바로 그 순간, 그녀는 사라졌고 우리는 그녀를 아쉬워하게 된 것입니다.

이 글은 수십번 읽었지만 읽을 때마다 칼국수가 먹고 싶어진다. 결국 칼국수를 좋아하게 되었고 칼국수를 먹을 때마다 덩달아 이 글을 함께 먹게 되었다. 깔비노의 시선을 맛있게 먹은 셈이다.

우리 각자에게 필요한 것은 고독한 셀프테라피가 아니라 사랑으로 서로 확장되는 것이다. 이 시선으로 세상을 보니 세상이 달라 보였다. 제아무리 낡은 세상이어도 그 오래된 세상에 새로운 관계와 시간과 공간은 무한히 싱싱하게 탄생하고 있었다.

너 없는
나는 뭘까?

　세계적인 돌풍을 일으킨 엘레나 페란떼의 '나뽈리 4부작'이 모두 번역되었다. '엘레나 페란떼'는 가명이지만 이 책을 읽은 독자들은 저자가 여자라는 것만은 분명히 알 수 있을 것이다. 만약 남자가 이 책을 썼다면 전세계 여성 독자들은 그 남자에 대해 감탄을 금치 못했을 것이다. 이 정도로 여자를 이해하는 남자가 있다면 세계는 지금보다 훨씬 나았을 것이다.

　릴라와 레누, 두 친구의 육십년간에 걸친 우정 이야기는 약속에서 시작한다.

　'나의 눈부신 친구가 되어줘. 남자 중에서도 여자 중에서도 최고가 되어줘. 그렇지 않다면 사는 의미가 없을 거야.'

친구와 이런 약속을 해본 적이 나에게도 있었던가? 성공해야 해, 출세해야 해, 말고 말이다. 말로 표현한 적은 없지만 나 혼자만의 약속은 있다. 나도 누군가에게 '눈부신'까지는 아니더라도 뼛속까지 믿을 만한 멋진 친구가 되고 싶었고 지금도 그 욕망은 그대로이며, 살아가는 데 가장 중요한 기준이기도 하다.

엘레나 페란떼는 모순된, 그러나 인간적으로 이해가 가는 감정을 깊게 들여다봤다. 이혼은 했으나 아이들 때문에 괴롭고, 죄책감이 들지만 행복하고, 친구가 나보다 뛰어나고 아름다운 것이 자랑스럽기도 하지만 초라함의 원인이고, 친구를 사랑하면서도 그 영향력에서 벗어나고 싶고, 자기 목소리를 갖고 해방되고 싶어하면서도 지지해 줄 누군가를 애타게 필요로 하고, 잘 살아온 것 같다고 자체평가할 수 있지만 돈도 명예도 찾는 사람도 없이 늙어버리는 것이 두렵고, 자아해방과 실현을 중시하면서도 아주 형편없는 남자에게 더 형편없이 휘둘리고, 꽤 성공은 했으나 삶이 부와 신분상승을 위한 비참한 투쟁에 불과했던 것 같은…… 그는 수치심 없이 견디기 힘든 모순을 잘

파악했다.

모순된 감정덩어리에 불과한 우리들이, 모호함을 견
뎌내야 하는 우리들이 자기 목소리로 자기 이야기를 할
수 있는 것, 즉 어떤 정체성을 갖는 것은 어떻게 가능할
까? 나는 대체 나를 누구라고 생각하는 것일까? 이 책만
큼 답이 분명하기도 힘들 것 같다. 이 책들의 말미에 가장
중요하게 등장하는 문장은 '(삶에) 형태를 부여하다'이
다. 내가 내 삶과 이야기에 형태를 부여할 수 있는 것은 나
에 관한 이야기가 아니라 '우리'에 관한 이야기를 할 때이
다. 나에 대해서 말하자면 네가 필요하다. 네가 내 이야기
에 끼어들어야 한다. '나'의 이야기를 '너'의 이야기에 연
결할 수 있어야 한다.

'나는 정체성이 확실한 어엿한 성인이다. 라파엘라
체룰로의 눈부신 친구 엘레나 그레꼬였다.'

육십년간의 이야기를 가능하게 했던 기억은 '너'(타
자)로부터 왔다. 지그문트 바우만은 우리는 우리 스스로
를 창조하고 주목받고 인정받는다고 생각하지만 실제로
우리가 누구였는지를 증명하는 것은 나 아닌 다른 사람

들이다. 타인은 내가 잃어버렸다고 생각한 나를 기억하고 찾아낸다고 했다. 책의 마지막 순간에 레누는 릴라에 관한 책을 쓴다. 왜 그랬을까?

'나는 릴라를 사랑했다. 릴라가 잊히기를 바라지 않았다. 하지만 릴라를 그렇게 만들어주는 것은 나여야만 했다.'

이 책은 눈부신 '나 혼자'에 관한 이야기가 아니라 깊이 연결되어 있는 '두 사람'에 관한 이야기다. 우정은 정체성을 한 사람의 불굴의 성공 스토리가 아니라 관계의 측면에서 보게 한다. 니체가 말한 대로 이상적인 자아가 아니라 이상적인 관계를 꿈꾸게 한다. 이것은 현대문학에서도 현대적 삶에서도 거의 사라지는 이야기하기의 방식이고 그래서 눈부시게 빛난다.

그리고 또 한가지 덧붙이고 싶다. 신체만 노화와 죽음을 겪는 것이 아니다. 인간관계 또한 노화를 겪는다. 인간관계 또한 사라지고 죽는다. 뜨겁고 강렬하다가 시들해지고 잊힌다. 그러나 이것을 견뎌내는 사랑과 우정 또한 있고 이런 사랑만이 각자의 자아마저 뛰어넘을 수 있게 한다. 이럴 때 사랑은 가장 궁극적인 자기 정의행위이다.

　'나는 라파엘라 체룰로의 눈부신 친구 엘레나 그레꼬
였다.'

　가끔 나도 사랑하는 얼굴들을 떠올리면서 내게 묻는다.
'그들 없는 나는 뭘까?' 그리고 '너 없는 나는 뭘까?'
　이 질문 속에서 나는 아주 잠깐, 일시적으로만 나 자
신이 누구인지 안다.

내가 나일 때
나는 너다

1951년 10월 26일 알베르 까뮈는 친구인 르네 샤르에게 편지를 보낸다.

아마도 당신이 잘 알지 못하는 건, 당신을 좋아하고 당신 없이는 더이상 바라는 것이 없는 사람들에게 당신이 꼭 필요한 존재라는 사실입니다. 무엇보다 삶이 제 의미를, 그리고 제 피를 잃는 걸 지켜보길 한번도 체념하고 받아들인 적 없는 나를 생각하고 하는 말입니다.

(…) 사람들은 사는 고통을 얘기합니다. 그러나 그건 사실이 아닙니다. 살지 않는 고통이라 말해야 합니다. 이 그림자들의 세상에서 어떻게 살아갑니까? 당신 없이는, 내가 존경하고 아끼는 두세 사람이 없다면 만물은 확실히

두께를 잃게 될 겁니다. 어쩌면 그동안 이 말을 당신에게 충분히 말하지 않았는지 모르겠지만, 당신이 조금은 낙담한 순간에 당신에게 이 말을 할 기회를 놓치고 싶지는 않습니다. 요즘은 사람들이 너무 조심스러워져서 진짜 우정을 나눌 기회가 참으로 적습니다. 게다가 우리는 저마다 상대가 자신보다 강하다고 여기는데, 우리의 힘은 다른 곳에, 충직함에 있습니다. 다시 말해 우리의 힘은 우리 친구들 안에도 있으며, 친구들이 사라지면 우리의 힘도 일부 사라진다는 얘기입니다. 친애하는 르네, 그러니 당신 자신에 대해서도, 비교할 데 없는 당신의 작품에 대해서도 의심을 품으시면 안됩니다. (…) 어쨌든 최악의 일은 홀로 경멸을 잔뜩 품고 죽는 일일 겁니다. 당신의 모든 것, 혹은 당신이 하는 모든 것은 경멸 너머에 있습니다.

여하튼 빨리 돌아오세요.

　　　　　—『알베르 까뮈와 르네 샤르의 편지』 중에서

내가 친구들에게 보내고 싶은 편지가 대략 67년 전에 까뮈를 통해 미리 쓰인 듯하다.

여기 사랑하는 나와 네가 있다고 상상해보자. 사실 나는 태어나지 않았어도 아무 상관이 없었고, 너를 만나지 않았어도 아무 상관이 없고, 실제로 없으면 없는 대로 살긴 살 텐데, 그런 사람이 있다는 것조차 모르고 살 수도 있었음에도 우리는 만났다. 그렇게 만났는데 수많은 사람들 중에서 너를 구별해내고 너를 지금까지 만나본 적 없는 특별한 존재로 여기고 네가 없으면 세상은 허전하고 뭔가가 빠진 것 같고 삶을 견디기가 힘들다고 느낀다면, 그것은 왜 그럴까? 열두겹의 우연을 뚫고 만났다고 설명을 하든, 삼라만상의 도움이라고 설명을 하든, 니체가 루 쌀로메에게 말한 것처럼 우리가 어느 별에서 떨어져 만난 것인가요,라고 묻든, 중요한 것은 운명도 인과론도 우연도 아니고 친구의 존재는 예상치 못하게 날아든 선물이라는 점이다.

사랑과 우정이 있는 한 삶을 고마운 선물이라고 생각하지 않기가 힘들다. 사랑과 우정은 '너 말고도 사람 많아!'라는 말이 난무하는 세상에서 — 심지어 자기 스스로 자신을 다른 사람으로 대체해도 상관없다고 생각해버릴 지경인 세상에서 ── 대체 불가능한 것이 있다는 것을 알게 한다. "당신 같은 사람은 본 적이 없어요."

줄리언 반스는 '이제껏 함께한 적이 없었던 두 사람을 함께하게 해보라. 그들은 각자의 개체였을 때보다 더 위대하다. 함께할 때 그들은 더 멀리, 그리고 더 선명하게 본다'라고 말했는데, 나 역시 내가 한 모든 좋은 일은 누군가와 함께한 결과물이었다. 인간은 신이 아니기 때문에 홀로는 창조할 수 없다. 자기창조적이지 않다. 항상 무엇인가의 영향으로 창조적일 수 있다. 나 역시 좋은 친구 옆에 있으면서 내가 예전의 모습으로 있는 것을 부끄러워하고 훨씬 더 나은 모습으로 변화하기를 원했기에, 나의 정체성이든 개성이든 뭔가가 예전보다 나아진 점이 있다면 그것은 우정에서 비롯된 결과물들이다. 어떤 좋은 생각은 내가 한 것인지 친구가 한 것인지 구별이 되지 않기도 한다. 그럴 때 우리는 파울 첼란이 말한 것처럼 '내가 나일 때 나는 너다'의 관계 속에 있다.

우정은 의존과 떼놓을 수 없는 말이다. 우정은 존중,

희생, 헌신, 배려, 믿음, 신뢰, 충실, 관용, 의리, 약속같이 인간 안에 있는 가장 좋은 것들에 의존하게 한다.(이 말들은 다 사랑에도 해당된다. 모든 좋은 사랑 안에는 상당량의 우정이 녹아 있으므로.)

사랑과 우정은 주고받는 과정이 아름답다는 것을 알게 해주었다. 사랑에 있어서 중요한 것은 서로 좋다는 것, 나만 좋으면 안된다는 것, 즉 호혜성이다. 이를테면 루카치는 자신의 아내를 몹시 사랑했다. 그의 가장 큰 자신감은 자신과 함께 보낸 삶이 아내 게르트루드에게도 풍요롭고 좋았던 것, 그녀의 인격 형성에 중요한 것이었음을 알고 있는 데서 나왔다.

특히, 시간을 어떻게 쓸 것인가는 나의 오랜 관심사였다. 나는 그 답을 사랑과 우정 안에서 찾았다. 내게 사랑에 관한 최고의 정의는 '서로 시간을 합치는 것'이다. 둘이 함께하지 않았다면 산산이 흩어졌을 시간을 합치고 합쳐서 우리가 만나지 못했더라면 시도하지 못했을 어떤 일을 해낼 수 있다면, 그 관계 안에서 각자가 더 분발할 수 있다면, 각자가 세월이 흐를수록(옛날이 좋았어,가 아니라) 더욱 새로워질 수 있다면 우리는 우리의 삶을 후회 없이 축하할 수 있을 것이다.

"우리는 우리일 때 최고일 수 있었다."

"너를 만나지 못했더라면 나는 내가 아닐 거야."

이런 순간 사랑과 우정은 가장 진실한 존재방식이다. 사랑과 우정에 다른 목적은 없다. 서로 친밀한 순간을 만들어내는 것 외에는. 나의 가치를 인정해주는 사람에게 뭘 더 바라겠는가? 모리스 블랑쇼의 말이 생각난다. '비록 덧없을지라도 그녀 안의 무엇인가가 웃는 소리를 듣길 원했다. 무엇보다도 나는 나탈리라는 이름을 지켜주고 싶었다.'

어쨌든 사랑하는 사람들은 동시대에 태어나야만 하고 만나야만 한다.

내 사랑이 알면
슬퍼할 거야

크리스마스이브에 일어난 일이었다. 오슬로에서 고전문학을 가르치는 멋쟁이 안데르센 교수는 생크림 크랜베리 쏘스를 바른 돼지갈비 구이를 맛있게 먹었다. 혼자만의 멋진 노르웨이식 전통 식사였다. 그의 마음은 그날 밤 아주 평온했다.

밤 열한시쯤 되었을까? 건너편 아파트 창가에 긴 금발머리의 호리호리하고 아름다운 여인이 나타났다. 그리고 그녀의 등 뒤로 젊은 남자가 나타났다. 남자는 여인의 목에 손을 댔는데 그것은 사랑스러운 애무가 아니었다. 그는 곧장 그녀의 목을 조르기 시작했다. 여자는 몇번 팔을 내젓더니 축 늘어져버렸다.

안데르센 교수는 경악했다. '경찰에 연락해야 해! 살

인이야!' 그러나 그는 생각만 하고 수화기를 들지는 않았다. '신고할까? 말까? 아니야, 나는 못해. 그런데, 나는 왜 못하지? 범인은 어차피 범죄에 계속 속박되어 살아갈 텐데 내가 뭐 하러 돌을 던져서 그를 더 괴롭혀? 아니야. 그래도, 아무리 그래도 이건 사회가 용인할 수 있는 일이 아니야.'

그는 다른 사람의 신고로 수사망이 좁혀 오기만을 기다리면서 이 고민을 자그마치 두달이나 계속하는데, 그 틈틈이 고전문학을 읽는 의미에 대해서 생각을 한다. 고전작품은 다름 아니라 자신이 처한 상황을 어떻게 이해하고 있는지 보여주는 빛나는 것들이 아니던가? 하지만 나는 살인을 목격하고도 신고를 하지 않는 내 행동을 이해하지도 못하는걸.

마침내 그는 결론에 도달하는데, 그것은 '나는 정의 실현을 위해 개입하는 사람이 된다는 것을 참을 수 없다(그것이 아무리 신성한 명령이라 할지라도)'였다. 그렇지만 그가 '내가 뭘 어쩌겠어?'라고 생각하면서 어깨를 으쓱하고 손가락을 튕기자 살인자는 유유히 해방되고 자유를 누린다.

그때 그가 깨달은 것이 있다. 중요한 것은 '손가락 튕기기'다. 즉, 누구도 기회가 왔을 때 손가락을 가볍게 튕기는 자신의 능력에 감탄하면 안된다. 그러면 천벌을 받는다. 현대적 인간이고자 하는 그는 천벌이라는 단어가 떠오른 것에 놀란다. 천벌이라고? 이 얼마나 낯선 개념인가?

　과연 안데르센 교수가 신고를 할까(손가락을 안 튕길까) 혹은 신고를 하지 않을까(손가락을 튕길까)? 한가지 단서를 드린다면 우리가 한 일보다 하지 않은 일, 즉 마땅히 했어야 하나 하지 않은 일, 두 눈 질끈 감고 외면한 일이 우리를 수시로 엄습하고 때로는 불쾌하게 하고 수많은 변명과 자기합리화의 편리하고도 옹색한 길로 인도한다는 바로 그 점 때문에 안데르센 교수가 괴로워한다는 것이다. 우리가 한 일이 아니라, 반드시 했어야 하나 하지 않은 일이 우리의 미래를 만들 가능성은 상당히 높다. 아, 그걸 몰랐으면 모를까 알게 되어버렸네, 어쩜 좋아. 아, 그걸 몰랐으면 모를까 보고 말았네, 어쩌지? 아, 그걸 몰랐으면 모를까 읽어버렸네, 어쩌지?

한 사람의 삶을 이런 관점에서 보면 어떨까? 반드시 하려 한 일과 한사코 하지 않으려 한 일, 말한 것과 결코 말하지 않으려 한 것의 관계. 손가락을 튕긴 것과 손가락을 튕기지 않은 것의 관계. 외면한 것과 외면하지 않으려 한 것의 관계.

분명한 것은 수많은 평범한 손들의 손가락 튕기기가 지옥을 한결 더 지옥답게 만든다는 점이다. 살아 있으되 죽은 것처럼 사는 사람들의 공통점은 아무것도 창조하지 않으면서 훈수만 두고 품평만 하고 해석만 한다는 것이다. 물론 자기 손은 주머니에 넣고, 주머니에서 손가락만 튕기면서. 물론 더 나쁜 경우도 있다. 자기를 위해 남의 손을 더럽히는 사람들이 그렇다.

그런데 내가 손가락을 튕겼다. 그 일은 이렇게 일어났다. 우선, 나는 이렇게나 놀라운 이야기를 알고 있는 사람이다.

한 사내가 얼어붙은 강을 따라 걷고 있었다. 눈발이 휘날리고 있었다. 그때 흰 눈 사이로 독특한 초록빛 물체가 눈길을 끌었다. 딱딱한 얼음에 갇혀 수염을 축 늘어뜨린 커다란 얼굴. 대체 뭐지? 그 얼굴의 주인은 메기였다. 불쌍한 메기는 얼어붙은 채 봄이 와 얼음이 녹을 때까지 그 자리에 그렇게 있어야 할 운명이었다. 사내는 몸을 돌려 걸어가려고 했지만 어쩐지 메기의 얼굴이 그를 꾸짖는 듯한 느낌을 받았다. 사내는 메기를 꺼내 집으로 데려가기로 결심했다. 먹지는 않을 예정이었다. 사내는 메기를 둘러싼 얼음을 토막 내어 차 안에 있는 상자에 메기와 얼음을 통째로 집어넣었다. 그러고는 그 상자를 지하실에 처박았다. 그런데 몇시간 뒤 지하실에 내려가니 놀랍게도 상자 안에서 퍼덕거리는 소리가 나는 것이 아니겠는가? 얼음은 녹아 있고 메기는 힘겹게 아가미를 움직이고 있었다. 은빛 물방울들이 저 밑바닥에서부터 올라오고 있었다. 메기는 소들도 산 채로 얼어붙게 만든다는 초원의 눈보라를 이기고 살아남은 것이었다. 그때 메기가 사내에게 말했다. "수조." 사내는 공손하게 대답했다. "수조, 가져올게." (이것은 내가 나의 갈색 푸들 강아지 장 자끄 루씨에게 늘 하는 일이다. '물 줘. ─응, 물 가져올게.' '더워. ─

응, 부채 가져올게.')

메기는 겨울 내내 남자와 함께 지냈다. 그러던 어느 날 메기는 이상한 충동을 느꼈다. 그 밤에 메기는 로키산 맥에서 발원해서 강의 모래 속 은신처를 흐르던 물을 몸 깊숙한 곳에서 느꼈던 것일까? 아니면 자신이 갇혀 있다는 것을 깨닫고 아직 시간이 있을 때 도약해야겠다고 생각했던 것일까? 주위에 아무도 없던 날, 메기는 수조 밖으로 힘껏 도약했다. 자신의 운을 시험하는 도박을 한 메기는 죽었다. 뛰어내린 곳이 수로였다면 살았겠지만 방바닥이었기에 죽었다.

사실 메기가 "수조"라고 말했을 리가 없다. 우리의 정신이 그렇게 들었을 뿐이다. 그때의 정신은 무척 아름답다. 이 이야기는 로렌 아이슬리의 『광대한 여행』이란 책에 등장하는데 그 책은 아름답다. 책이 그렇게 아름다운 것은 수없이 많은 시선이 등장하기 때문이다. 개굴개굴 울고 있는 개구리 앞에서 꿈쩍도 않고 서 있는 인간의 모습도 등장한다. "내가 움직이면 개구리가 놀랄 것이기 때문이다. 이것은 생명이 할 수 있는 가장 거대한 시야의 확장이다. 그 자신을 다른 생물들에게 투사하는 것 말이다. 이것은 인류의 고독하고 장대한 힘이며 확장의 궁극적인 전형이다."

자신이 옳다는 확신이 중요한가? 아니다. 중요한 것은 확장이다.

"당신, 뭐가 필요한가요?"

"거기 좀 앉아봐요. 뭐 좀 가져올게요."

그렇게 주고받는 주의 깊은 시선 안에서 우리는 얼마나 다정하고 서로를 염려하던지. 자기 자신이면서 얼마나 자기 자신 이상이던지.

이렇게 글을 써놓고 오끼나와로 여행을 갔다. 혹등고래를 보기 위해서였다. 험악한 날씨에도 불구하고 혹등고래 세마리를 봤다. 휘트먼이 노래한 대로 야생 암컷 고래가 자기 새끼들과 수영을 하고 결코 그들을 버리지 않는 것을 한시간에 걸쳐서 지켜보았고 두말할 필요도 없이 행복했다. 마음은 충만했다. 나는 그날 하루 '종일토록 기쁨을 누린다'는 의무를 잘 수행했다. 그런데 일은 다음에 벌어졌다.

　저녁을 먹으려고 오끼나와 중심지인 나하 국제거리를 어슬렁어슬렁 걸어갔다. 간간이 비가 흩뿌리는 날이었다. 천천히 식당들을 구경했다. 그렇게 걷다가 식당에 있는 작은 수조를 봤다. 아주 작은 수조였는데, 그 안에 자라가 한마리 있었다. 곧 자라탕이 될 놈이었다. 내가 본 자라 중에 가장 검었다. 온몸이 검은 진흙빛이었다. 그런데 그놈이 놀라운 행동을 했다. 손을 뻗어 수조의 벽을 탕탕 치고 마치 사람이 화가 나서 문을 열어젖히는 것처럼 수조를 날카롭게 긁어대는 것이었다. 쉬지 않고 계속. 기운찬 놈이었다. 팔팔 살아 있었다. 분노의 몸짓이었고 저항의 몸짓이었다. 얌전하게 죽은 듯 체념하지 않는 자라 때문에 나는 적잖이 당황했다. 그리고 다음 순간 결코 해서는 안되는 일을 하고 말았다. 자라의 얼굴을 보고 만 것이다. 눈, 코, 입이 다 있는데 사람의 얼굴과 아주 비슷했다. 자라는 동그랗게 입을 열어 말을 했다. 분명히 나에게 말을 한 것이었다.

　"나를 꺼내줘. 당장! 이 지랄 같은 인간들아."

나를 꾸짖고 나에게 짜증내는 것이 분명했다. 나는 멈칫했다. 그 순간 내 머릿속에 수많은 생각이 스쳐지나갔다. '자라를 살까? 사서 풀어줘? 그런데 어디에? 자라는 어디에 살지?' 그러다가 마침내 이렇게 생각했다. '한국도 아니고 일본에서 내가 뭘 어쩌겠어……'

숙소에 돌아왔는데 죄책감이 밀려왔다. '지금쯤 먹혔을까? 먹혔겠지. 아니야, 먹히지 않았을 거야. 내일이라도 가봐야겠어.' 다음 날 나는 다시 국제거리에 갔다. 범죄현장에 나타난 범인처럼. 먼발치서 자라를 지켜봤다. 또 나에게 말을 걸까봐 가까이 가서 보지는 못했다.

자라가 있었다. 살아 있었다. 안도감이 밀려왔다. '다행이야. 살아 있구나. 하지만 너도 이제 많이 지쳤지?'

'그런데, 이제 어쩌지? 그놈의 운명은 자라탕이라니까! 아니야, 그런 운명이 어디 있어?' 골치가 아파졌다. '그래 쉬면서 차분하게 생각하자. 우선 목욕을 하자. 후퇴! 후일을 도모하자!' 물론, 나는 후일을 도모하기는커녕 그냥 조용히 귀국했다.

한국에 돌아오니 장 자끄 루씨가 맹렬하게 꼬리를 흔

들면서 나에게 돌진했다. 내 품에 안겨 뭐라 뭐라 반은 말하면서(보고 싶었어!) 반은 흐느끼면서(정말 보고 싶었다니까!) 미친 듯이 나를 반겼다. 루씨를 안고 보기가 면목이 없었다.

아마, 나는 이 일을 평생 잊지 못할 것 같다.

자라란 놈이 평생 나를 따라다닐 것 같다. 쿤데라는 인간은 이미 구체적 가치를 잃은 잊힌 존재라고 했지만 사실 인간뿐 아니라 수많은 생명들이 이미 잊힌 존재다.

어느날 친구가 나에게 물었었다.

"사람은 정말 변할 수 있을까?"

"응, 믿어. 단 조건이 있어. 애써 피했던 질문을 다시 만나기로 마음먹으면……"

내가 내 말에 책임져야 할 순간을 맞은 것이다.

지금도 이 이야기를 하려니 가슴이 미어진다. 하지만 나는 나의 강아지 장 자끄 루씨를 죽도록 사랑한다. 네루다가 그의 연인을 위해 읊은 사랑의 말 '너의 큼지막한 눈은 패배한 천체에서 내가 유일하게 가지고 있는 별빛'이라는 말을 나는 루씨에게 바친다. 루씨는 내가 검은 전사자라를 그냥 두고 도망쳐온 걸 알면 슬퍼할 것이다. 루씨가 알면 슬퍼할 일을 두번 할 수는 없다. 다음에는 다른 이야기를, 조금이라도 기쁜 이야기를 들려주고 싶다. 어쨌든 뭔가 해야 한다.

그런데 어떻게?

'손가락을 또 튕겨? 차라리, 천벌을 받는 게 나아.'

왜 내가 온 세상의 짐을
짊어져야 해?

노벨문학상 수상작가 스베틀라나 알렉시예비치의 『아연 소년들』은 이렇게 시작한다. "나는 혼자서 이 길을 가요…… 이제 오래도록 홀로 이 길을 가야 하죠……" 그런데 이렇게 말하는 사람은 왜 혼자 오래 길을 가야 할까? 사연은 바로 뒤에 이어진다. "그 아이가 사람을 죽였어요…… 내 아들이…… 주방용 손도끼로. 내가 고기를 토막 내는 데 쓰던 그 도끼로요. 전쟁터에서 돌아와 사람을 죽인 거예요…… 아들은 아침에, 내가 식기를 넣어두는 부엌 찬장에 손도끼를 다시 갖다놓았어요." 어머니는 아들이 왜 살인을 했는지 그 이유를 찾아 홀로 사방을 헤맨다.

『아연 소년들』은 전쟁터에서 죽어 아연관에 담겨온 소년 병사들을 말한다. 그 소년들은 죽기 얼마 전까지만 해도 소련에서 9학년에 다니던 아이들이었다. 죽어갈 때는 하나같이 "엄마"를 불렀다. 책 속에는 아프간에 파병되었던 수많은 사람의 목소리가 담겨 있다. 그 목소리는 자신이 겪은 일을 표현할 말을 찾는 데 고통을 겪는다. 한 병사는 병원에서 깨어나 제일 먼저 팔이 붙어 있나 만져본 뒤 안심하고, 그다음에 다리가 붙어 있나 만져보고, 다리가 없는 것을 알고는 기절해버린다. 다른 병사들은 고문당해 팔다리 없이 몸통만 돌아온 사람을 본 것을, 지뢰로 너덜너덜해진 시신을 양동이에 담았던 것을, 무엇보다도 자기 손으로 사람을 죽였다는 것을 잊을 수 없다. 그리고 그밖에 결코 잊을 수 없는 많은 일들, 가령 이런 이야기들……

"전투 중에 한 병사가 자기 몸을 던져 나를 살렸어요. 내 숨이 붙어 있는 한 그 사람을 기억할 거예요. 그 사람은 나를 전혀 몰랐어요. 그런데도 내가 여자라는 이유만으로 자신을 희생한 거예요. 그런데 다른 이야기도 있어요. 한 병사가 저에게 상소리를 하더라고요. 지옥에나 떨어져라! 속엣말을 했죠. 그 병사는 잠시 후에 죽었어요. 머리와 몸통이 반씩 떨어져나가서요. 바로 내 눈 앞에서요."

이런 이야기들은 마음에 평온을 주는 것이 아니라 마음을 불편하기 짝이 없게 만든다. 그 또는 그녀들의 슬픔이 뇌리에 박힌다. 한 사람이 겪은 고통은 극도로 구체적이라서 어떤 추상에도 꿰어맞출 수 없다. 삶은 너무나 복잡해서 손쉬운 해결책이란 없는 것이 분명해 보인다. 그런데 왜 우리는 이런 글을 읽을까? 왜 타인에게 벌어진 일에 관심을 가져야 할까? 왜 한 사람 한 사람의 목소리에 주의를 기울여야 할까?

어쩌면 가장 중요한 것은 진실이기 때문일 수도 있다. 이런 잔혹한 일이 더이상 벌어지지 않는 더 나은 사회에 대한 꿈을 포기하는 것이 곤란한 일이라서 그럴 수도 있다. 이런 질문은 우리가 한번이라도 딱 맞게 대답할 수 없는 질문이 세상에 널려 있다는 것을 알게 해준다. 어쩌면 이런 질문이 이상할 수도 있다. 타인의 슬픔을 함께 슬퍼하는 것에도 질문을 던져야 하나? 우리가 진실에 그토록 무관심하다면 그 많은 글과 뉴스, 이야기들은 다 무엇인가?

우리가 비극을 대하는 태도는 이렇다. 나도 저렇게 될

수 있어, 저렇게 되지 말아야지, 나한테 뭐 그런 일이 생기겠어? 하지만 누가 알아? 다행히 나는 그런 일을 겪지 않았어…… 안타깝게도 타인과 나의 간극은 이렇게나 크다. 타인의 불행 앞에서 느끼는 이상한 안도감, 그 일을 내가 겪지 않았다는, 입 밖으로는 내지 못할 기쁨이 있고 가까운 사람의 죽음 앞에서조차(특히 내가 부러워하던 사람이라면) 기묘한 쾌감을 느끼기도 한다. 비극이 아니더라도 다른 사람이 이룬 성취는 우리를 쓸쓸하게 하기도 한다.

'그런 이야기는 슬퍼서 더 못 듣겠어요. 힘들어져요.' 남의 고통이 내 정신건강의 문제로 전락하고 우리는 다른 무엇보다도 내가 슬퍼지지 않는 것, 힘을 뺏기지 않는 것을 중요하게 여기기도 한다. 우리가 그렇게 하는 동안 다른 누군가는 흔적도 없이 사라진다. '불쌍해, 안됐어……' 언제까지고 이것이 우리가 할 수 있는 말의 전부라면 너무 공허하다. 그러나 모든 것을 다 할 수도 없는 것 또한 사실이다. 그래서 이렇게 말한다.

"지난 일은 잊어. 뭐 하러 더 생각해. 자꾸 말해서 뭐

해."(잔혹성을 은폐할 가능성이 있는 말이란 것을 알면서
도 한다.)

"세상이 그렇지 뭐. 억울한 사람이 어디 한둘이야? 밖
에 나가봐, 억울한 사람 널려 있어."(자신을 정당화하기
위해 보편성을 끌어들인다.)

우리는 현명하게도 빨리 물음표를 내리기를 요구하
는데 그것은 책임감과 자괴감, 무력감을 동시에 덜어준
다. 무력감을 피하려고 부당한 것을 정당화할 필요까지야
있겠는가 싶지만 우리는 그렇게 한다. 우리의 마음이 얼
마나 진실하냐와 상관없이 우리에게는 잔인한 면이 있다.

문제는 여기서 끝이 아니다. 타인의 아픔을 조롱하기
까지 한다. 타인의 미래에 대한 상상력뿐만 아니라 자신
의 미래에 대한 상상력도 빈약하기 짝이 없을 때 이런 일
이 벌어진다.

진실로 애석하게도 우리는 많은 좋은 것들을 잃어버
렸다. 많은 좋은 것들을 버리고 살아왔다. 한때 좋은 것들
이 있던 자리를 차지한 것이 과연 무엇인지 나는 재난참

사 유족들을 대하는 몇몇 사람들의 태도에서 본다. 한때는 저 사람들은 얼마나 슬플까? 앞으로 어떻게 살게 될까? 삼가 예의를 다할 줄 알았지만 지금 그 자리는 참으로 편협하고 쩨쩨하고 입에 담기도 뭐한 생각들이 차지하고 있다.

"보상금 받으려고 그러는 것 아니야?"

"보상금 받은 것 있지? 친구야, 돈 좀 빌려줘. 묵히지 말고 나에게 맡겨. 좋은 데 투자해줄게."

"유족이면 가만히 슬퍼하지, 국회의원들이 만나주니 출세한 줄 아는 모양이지? 지가 뭐라도 된 줄 아나봐."

"유가족이 벼슬이야?"

대체 누가 이렇게 미운 한국말을 만든 것인가? 돈을 말하면서 우리 마음은 너무 가난해졌다. 욕망은 전혀 관용이 없다. 다른 사람에게 어떻게 살아야 한다고 요구하고 슬픈 사람을 공격하면서 자신의 힘을 확인하는 사람들도 있지만 그 일은 결국 우리 모두의 은밀한 두려움이 되어간다.

'나도 욕먹는 거 아니야?'

그렇게 우리는 지옥을 품고 산다.

우리도 언제 공격을 받을지 몰라 두렵다. 다음엔 내 차례가 될까봐 두렵다. 『걸리버 여행기』에서 거인국에 간 걸리버처럼 다음에 어떤 거인이 나타나서 나를 괴롭힐까 두렵다. 멸시하면서 멸시당할까 두려워한다. 공격하면서 치유를 말한다.

그것을 바꾸지 못하고 두려워하는 것이 우리의 수치다. 무슨 일이 일어나도 아무 상관 없다고 생각하는 것 자체가 수치다. 그 생각을 밀고 나가면 나 역시 어떻게 되어도 상관없는 것 아니겠는가?

찰스 부코스키의 말처럼 우리는 폭탄과 지옥과 수치를 함께 안고 살고 있다

시몬느 베이유는 불행한 인간에 대해 깊은 주의를 갖고 무슨 힘든 일이라도 있습니까?라고 물어보는 힘을 가졌는가에 인간다움의 자격이 달려 있다고 했지만 나도 숱하게 인색하게 내 마음을 나눠주곤 한다. 오늘 내가 타인에게 나눠주기를 아까워하는 마음에 대해 생각해보니, 내

가 그토록 공감받고 이해받기를 원했던 사람에게 끝내 그
것을 얻지 못했다는 사실이 내 마음을 어지럽힌다.

'그가 나에게 마음을 열었더라면 얼마나 좋았을
까……'

또다른 생각도 든다. 이런 일을 겪은 사람들은 한 단
어로 규정된다. 그 사람은 전쟁용사야. 전쟁 때문에 아주
망가졌대. 비슷한 변주는 무한히 많다. 그 사람은 장애인
이라서 그래. 알고 보니 입양아래. 이주민 노동자잖아. 성
소수자였다는군.

"아, 그래서 그랬구나. 이제 이해된다."

우리는 한 사람을 얼마든지 축소한다.

그 순간 모두 고개를 끄덕인다.

"아! 알겠어! 그래서 그랬군!"

비로소 '공감대'가 형성된다.

쿤데라는 바로 이런 모습을 보고 폭소를 터뜨렸다. 어
리석음을 참을 수 없어서 터뜨리는 웃음. 그는 한 사람의
개성, 정체성, 가치, 이것들을 파괴하여 무의미한 획일성

으로 만드는 것이 악마적인 것이라고 생각했다. 타인에 대한 존중은 한 사람을 하나의 원인으로, 당위로 환원시키지 않는 것을 빼놓고는 말할 수 없다. 시간이 없다고들 하지만 한 사람을 한 개인으로 볼 수도 없을 만큼 시간이 없어서는 곤란하고 무엇보다 환원은 자신의 문제에서 도망쳐본 사람들의 언어 습관이다. 모든 문제를 단번에 해결하기 위해 편리한 방편 뒤로 숨어든 사람의 시선이다. 이렇게 축소하는 것이야말로 한 인간의 삶을 무겁게 한다. 더구나 내가 타인을 정당하게 대하지 못한다면 무슨 근거로 나 자신을 정당하게 평가해달라고 할 수 있겠는가? 우리도 다른 사람이 피상적인 시선으로만 본다면 슬프고 화나지 않는가?

그런데, 사람이 자꾸 그런 말(너는 그래서 그래)을 들으면 어떻게 될까? 그는 다른 사람이 규정하는 그대로가 될까? 아니면 다른 사람이 어떻게 보든 자신의 삶을 살 수 있을까? 인간은 어떤 일을 겪든 겪은 일에 대항해서 자기 정체성을 지킬 수 있을까? 아니면 다시는 회복 불가능하게 될까?

당해봐야 안다는 말은 무섭고도 잔인한 말이다. 절망에 빠져봐야 다른 사람의 절망이 보인다는 것도 사무치게 슬픈 일이다. 슬픈 사람 눈에 슬픈 사람이 잘 보인다는 것도 애절한 일이다. 기왕이면 당해보지 않고도 아는 것이 훨씬 더 좋을 것이다. 당해보지 않고도 아는 사람이 가장 지혜로운 사람이다.

하지만 천만다행으로 이야기는 여기서 끝이 아니다. 인간에게는 개인주의만 있는 것은 아니다. 차가움과 시커먼 욕망만 있는 것은 아니다. 인간은 개인주의와 그것을 확 뛰어넘는 이상하고 설명 불가능한 관계 사이에 걸쳐 있다. 어리석음과 놀라운 장점 사이에 걸쳐 있다.

덧없는 우리에게 구원의 능력이 있다. 덧없는 우리가 다른 사람을 혼자 견디게 내버려두지 않을 수 있다. 덧없는 우리가 도시의 삭막한 골목마다 꽃을 심는 손길의 주인공이기도 하다. 덧없는 우리가 타인의 희망일 수 있다. 우리의 외롭고 폐쇄적이고 부서진 마음을 사랑과 꿈이 얼마든지 합쳐놓을 수 있다.

존 쿳시의 소설 『페테르부르크의 대가』에서 빚 때문에 드레스덴으로 도망쳐 있던 도스또옙스끼는 외아들 파벨이 죽었다는 소식을 듣고 페테르부르크로 돌아온다. 파벨이 묵던 하숙집 여주인 안나는 도스또옙스끼에게 말한다. "그는 좋은 젊은이였어요." 하지만 '였어요'가 문제다. 그는 아들의 죽음은 자신의 죽음이고 좋은 시절은 끝났다고 생각한다. 마지막 순간에 아들은 자신을 구해줄 수 있는 것이 아무것도 없다는 사실을 알았을 것이고 정말로 죽었다. 그러나 아들은 아버지를 불렀을 것이다. 그것만이 이 세상에서 그가 할 수 있는 최후의 것이기 때문이다. 아들에게 보낸 마지막 편지에서 도스또옙스끼는 돈을 너무 많이 쓴다고 나무랐다. 그걸 썼다는 것이 굴욕이다. 하지만 사람이 어떻게 그날이 마지막이 되리라는 것을 알 수 있었겠는가?

한밤중, 아들의 하숙방에 누워 있던 도스또옙스끼는 어떤 소리를 듣는다. 규칙적이고 애원하는 듯한, 혹시 아들의 신호일까? 아니다. 개 짖는 소리였다. 그는 더러운 골목에서 쇠줄에 묶인 개를 발견한다. 그는 개를 풀어주지는 않지만 쓰다듬어준다. 그러나 갑자기 몸을 돌려 돌아온다. 개의 쓸쓸한 울음소리가 그를 따라온다. 파벨은 말이 없지만 뭔가 말을 한다면 가장 사소한 것을 소중히 여기시오,라고 했을까? 그 가장 사소한 것이 추운 날씨에 버림받은 개를 의미할까? 그 개의 목줄을 풀고 집으로 데려와 먹이를 주고 소중히 돌봐줬어야 했던 걸까? 하지만 그건 내 아들이 아니다. 그냥 개일 뿐이다. 그 개가 나와 무슨 상관인가? 그러나 그렇게 묻는 순간에도 답을 알고 있다. 그가 개를 풀어주고 혹은 가장 사소한 것을 데려올 때까지 파벨이 구원받지 못하리라는 것을, 그럴 때조차 확실히 구원받는다는 보장이 없다는 것을. 아들을 위해서 나는 무엇을 해야 하나? 왜 나일까? 왜 내가 온 세상의 짐을 짊어져야 해? 하지만 그는 알고 있다. 이제 고통받는 눈을 외면하지 못하고 들여다보리라는 것을.

존 쿳시는 도스또옙스끼가 어떻게 세계의 역작을 탄생시켰는지 그 근원을 탐색하고자 했다고 한다. 하지만 나는 질문을 바꿔보고 싶다. 사람은 처절한 고통을 가지고 무엇을 할 수 있는가? 혹은 세상의 고통 앞에서 무엇을 할 수 있는가? 질문이 어떻든 단서는 바로 위의 문장, '왜 나일까? 왜 내가 온 세상의 짐을 짊어져야 해?'와 관련이 있다.

도스또옙스끼의 삶은 가난, 간질, 아내와 아이의 죽음, 끝없이 고통스러웠지만 그에게는 그 짐을 피하려는 열정이 아니라 자신의 짐만으로도 무거운데 다른 가난하고 비참한 전 인류의 짐을 짊어지려는 열정이 있었다. 그에게는 삶의 고통, 그것이 보이고 들리는 것이다. 그는 자신의 피눈물로부터 온 인류를 위한 미래의 인간형을 만들려고 했다. 그는 피눈물을 흘리지만 부드럽게 말한다. '아이야, 러시아에서 너는 고운 꽃이 될 여유가 없다. 러시아에서 너는 우엉이나 민들레가 되어야 해.'

『페테르부르크의 대가』는 도스또옙스끼가 어두운 시절을 통과해서 대가가 되었다는 이야기가 아니다. 자신이 겪은 일로 삶과 타인을 이해하면서 더이상 혼란스럽지 않게 되었다는 이야기가 아니다. 영혼은 변함없이 혼란이고 모순이고 경멸할 만한 것이지만 매우 심오한 것일 수 있다. 소설에서 그는 진실한 말은 어디 있는가?라고 묻는다.

그 진실한 말은 이렇게 주어진다. '우리는 풍요로움으로 글을 쓰는 것이 아니다. 괴로움과 부족함으로 글을 쓴다.' 우리의 말도, 목소리도 그렇게 다가오고 주어진다.

워즈워스의 말대로 알지도 못하고 지껄이는 자들이 성급하게 인간을 악하다고 단정한다 해도 우리의 사랑으로 장관이 펼쳐지고 사랑이 사라지면 우리는 먼지와 같다.

그래서 사랑이라는 말에는 형용사가 필요하다. 우리에게는 견디는 사랑, 버티는 사랑, 관대한 사랑, 퍼주는 사랑, 파격적인 사랑, 셈이 잘 맞아떨어지지 않는 사랑, 초연한 사랑이 필요하다. 보르헤스의 말대로 우리 각자는 고통을 느끼기에 적합하게 만들어졌다. 우리 각자는 서로 용서하고 사랑하기에 적합하게 만들어졌다.

고통스러운
사랑

  나에게만 의미있고 남에게는 아무 의미도 없는 고통에 대해서라면 나는 플로베르의 『마담 보바리』에서 가장 큰 도움을 받았다. 고통의 해독제는 원인에 대한 인식이라는 관점에서는 특히 그랬다. 헤르만 헤세는 고통은 자기에게만 무겁고 자기만이 뚫을 수 있는 그림자가 아니라면 무엇이겠는가,라고 했는데 실제로 나의 많은 고통이 그랬다. 그럴 때 사태를 다르게 보지 못하면 마음은 지옥에 머문다. 그 일이 왜 일어났는지 이해해야지 달라질 가능성이 생긴다.

  나도 수없이 나 자신에게 물어봤다. 너를 괴롭히는 것이 무엇이냐, 너 자신에게 일어나길 원하는 일이 무엇이냐, 나 자신에게 가장 좋은 것을 원하고 있느냐, 타인을 볼 때 무엇을 제일 먼저 보느냐, 무엇을 보기에 타인은 행복할 것이라고 혹은 불행할 것이라고 느끼느냐?

주인공 엠마 보바리는 눈부신 열정의 소유자였다. 그녀는 맥 빠지고 둔감한 사람이 아니었다. 그녀는 결혼생활이 지겨워 미칠 지경이 되었다. 어느날 그녀는 생각했다. 내 친구들은 잘생겼고 멋지고 매력적인 남자랑 살겠지. 그녀는 남들을 부러워하면서 한숨이나 쉬고 있지 않기 위해, 사는 것같이 살기 위해, 남들처럼 살기 위해, 꿈꿔왔던 삶을 살기 위해, 제2의 인생을 살기 위해 노력했다. 어떻게? 그녀는 대상을 바꾸었다. 애인으로 종교로 쇼핑으로, 또다른 애인에게로. 그녀는 애인에게서 종교에서 남들의 시선에서, 또다른 애인에게서 자신의 삶을 찾아보고자 했다. 그러나 그녀의 시도들은 실패했다. 왜 실패했을까? 내 친구들은 잘생겼고 멋지고 매력적인 남자랑 살고 있을 것이라고 생각했기 때문이다. 그녀의 열정, 출구를 찾지 못해 고통받는 진실한 마음이 진부한 행복관과 만났기 때문에 어리석어지고 말았고 열정도 거짓 열정이 되어버렸다. 그녀는 위기의 순간마다 한번도 새로운 모습을 보이질 못했다. 그래서 나보꼬프는 그녀의 잘못은 간통이 아니라 진부함이라고 했다.

사는 것같이 살기 위해서 내가 한 일은 무엇이었을까? 플로베르는 '엠마 보바리는 나다!'라고 했는데, 정도의 차이는 있지만 나 역시 엠마 보바리였다. 열정, 행복이라 하면 다 좋은 것인 줄로만 알고 살다가 그때 처음 어리석은 열정, 진부한 행복관을 알게 되었기 때문에 돌발적으로 나를 돌아보지 않을 수 없었다.

나를 돌아보면서 새로운 남자, 새로운 여자, 새로운 직업, 대체물을 찾을 것이 아니라 행복관을, 사랑관을, 꿈을, 욕망을 바꾸어야만 한다는 것을 아주 신선한 충격 속에서 알게 되었다. 그때 참 기분이 좋았다. 마치 몸속 노폐물의 정체를 알게 된 것처럼. 어찌나 기분이 좋았던지 내가 불과 몇시간 전까지 고통스러워했다는 것까지 잊어버릴 정도였다. 에이드리언 리치가 말한 대로 행복이란 그 말에 얼마나 자주 발이 걸려 넘어졌던가! 맥베스가 만난 운명의 세 마녀가 사실은 맥베스의 숨겨진 욕망이었던 것과 같다.

　뻬소아는 신들이 부디 내 꿈을 다른 것으로 바꿔주시길, 그러나 꿈을 꾸는 능력만은 남겨주시길!이라고 말했는데 『마담 보바리』를 읽은 내 마음이 딱 그랬다. 마담 보바리는 휘트먼이 말한 것처럼 내 눈에서 눈곱을 씻어주었다.

　카프카는 『성』에서 결코 『성』에 들어가지 못하는 측량기사의 이야기를 우리에게 들려준다. 그가 그렇게 들어가고 싶어하던 『성』은 아주 별로인 곳이었다. 그래도 측량기사는 성에 들어가기 위해서 무슨 일이든지 하려고 했다. 그러나 그는 들어갈 수가 없었다. 그 결과 측량기사는 우리에게 놀라운 진실을 알려줬다고 쿤데라는 말한다. 우리는 너무 별로인 곳도 꼭 들어가야 한다고 생각할 수 있다는 것. 『성』의 주제는 측량기사는 성에 들어갈 수가 없었다는 게 아니라 측량기사와는 딱 반대로 살라는 것이다. 측량기사가 결코 하지 않은 일을 하라. 즉 당신이 갇혀 있는 마음의 성에서 탈출하라.

　슬라보예 지젝은 당신의 지옥을 옮겨라!라고 했다. 직

시해야 하는 것은 현실만은 아니다. 내 마음 저 아래서 은밀히 나를 움직이는 환상도 직시해야만 했다. 내가 그것을 직시하려고 했을 때, 그럴 필요도 없이 나는 실은 이미 답을 알고 있었다.

내 마음의 지옥에는 플로베르가 『마담 보바리』에서 그리고자 한 사물의 핵심 '어리석음'이 똬리를 틀고 있었던 것이다. 얼굴을 붉히지 않고서는 보기 곤란한 참 별 볼일 없는 초라한 세계였다. 플로베르는 삶이란 그것을 감추는 경우에만 참을 수 있는 것으로 보인다고 했는데, 내 생각엔 자기 자신도 그렇다. 나 자신을 그대로 직시하면 현기증이 난다. 나에 관한 진실을 내 입으로 내게 말한다면 내가 입을 피해가 크다. 안똔 체호프가 말한 대로 나는 뭐 대단한 일로 고통스러운 것이 아니라 하찮은 웅덩이, 피상성, 속물성 때문에 괴로웠다. 그럴 때 어떻게 해야 하는지도 안똔 체호프가 알려주었다. 그는 이렇게 말했다. 스스로의 답을 찾는 것은 스스로의 도덕성을 찾는 것과도 같다.

그러나 환상으로부터 해방되면서 만들어지는 새로운

현실이 있다. 현실로부터 해방되면서 만들어지는 현실이 있다. 시간이 흐를수록 점점 더 분명해지는 것은 독자인 내가 가장 원했던 것은 결국 나를, 나의 삶을, 나의 꿈과 욕망을, 나의 지옥을 바꾸는 기술이었다. 나의 천국을 지나치지 않는 기술이었다. 진부함은 디테일이 넘쳐나므로 새로워지는 데도 섬세함이 필요했을 뿐, 임시방편 미봉책은 해결책이 아닌 것처럼 중요한 것은 근본적으로 바뀌어야 한다는 것이었다. 지금 즉시, 나도 세상도 바뀌어야 한다는 것, 바꿀 수 있어야 한다는 것 말고는 다른 것은 사소할 수도 있었다.

고통은 분명히 전에는 못 보던 것을 보게 해준다. 고통과 슬픔도 미덕이 있어서 사랑할 대상을 알려주고 맥베스의 교훈을 빌리자면 진짜 욕망을 깨닫게 한다. 나르시시즘으로 가득한 정체성을 분쇄할 기회를 준다. 천국은 지난날의 정체성이 지난날의 문제가 된 곳, 당신이 누구였는지가 더이상 골치 아픈 문제가 아닌 곳이라면 그것을 위해서 우리가 해내야 할 일이 있다. 문제의 해결은 오로지 변화 속에만 있고 자신을 극복해야만 변화할 수 있다.

말라르메는 파괴는 나의 베아트리체라고 했다. 리어 왕은 최악의 상황을 출발점으로 삼으려고 했다. 오르떼가 이 가세뜨는 왜 고통을 두려워하지? 위기는 변화인데……라고 반문했다. 예이츠는 위기의 순간을 자아를 형성하는 기회로 삼았다.

고통은 분명히 낯설고 새로운 자유를 줄 수 있다. 한 번 큰 고통을 받아들이면 다음부터 다른 것을 견디기는 쉬워질 수 있다. 그냥 받아들이는 것이 아니라 바꾸려고 받아들인다면 말이다. 우리를 고통스럽게 한 사람들이 변화의 계기를 마련해주었다는 점에서 우리에게 가장 큰 도움을 준 사람들이 될 수도 있다. 우리는 자신이 가장 원하는 것을 얻지 못했을 때 가장 자유로울 수도 있다.

릴케는 내 악마들을 빼앗아가지 말라, 천사들도 함께 떠날 테니까,라고 말했고 타니까와 슌따로오는 그것이 얼마나 힘들었느냐를 떠나서 그것이 나를 만든 것은 확실하다고 했다. 슈테판 츠바이크는 이 혼란스러운 시절을 내 인생으로부터 없애버리고 싶지 않다고 했다.

그러나 나의 고통이 전적으로 나에게서만 비롯된 것은 아니다. 우리에게는 무시할 권리가 주어지지 않은 무시무시한 현실이 있다. 타인은 우리의 환경이고 상황이다. 우리가 모르는 타인의 선택이 내 인생을 얼마든지 파괴할 수 있다. 나의 선택도 타인에게 어디까지 영향을 미쳤는지 나로서는 헤아려볼 수도 없다.

"아가야 너는 특별하단다"라는 말은 이렇게 바꿔야 하지 않을까?

"아가야 삶은 특별히 문제가 많단다."

세사르 바예호는 자신은 신이 아픈 날 태어난 것이 틀림없다고 생각했다.

보르헤스는 60일 이내에 무슨 일인가 벌어지지 않으면 자살하겠다고 했다. 세상은 실재하는 것이 분명한데 왜 이렇게 우리의 발을 걸려 넘어뜨리는지 모르겠다고 했다. 어느날 죽을 것이라는 사실 때문에 오래 슬퍼하지 않고 기분 좋게 살 수가 있다고 했다. 죽으면 다 잊힐 테니까.

카프카는 익사하지 않도록 고개를 들고 있어야 한다

고 했다. 나의 고통은 나에게만 너무 무겁고 남에게는 너무 가볍다고 했다.

비트겐슈타인은 계속해서 비틀거리며 쓰러지고 추스르고 일어나서 다시 나아가려고 시도하는 것, 그것이 내가 일생 동안 한 일이라고 했다.

존 버저는 사랑은 상처로부터의 일시적 구원, 행복은 불행으로부터의 일시적 면제라고 했다.

싸뮈엘 베께뜨는 그나마 재치 있는 대화를 할 사람이 옆에 있다는 것을 위안으로 삼았다.

아우슈비츠 수용소에서 살아 돌아온 쁘리모 레비는 그 일을 오랜 시간이 흘러 정화시켰고 그때 내게 선물이 되었다고 했고, 쉼보르스카는 삶이 뜻대로 안될 때 그때 영혼이 생긴다고 했다.

슬라보예 지젝은 자신이 고통을 겪지 않으려면 그런 고통이 세상에 없어야 하므로 다른 사람 누구도, 아무도 고통을 겪지 않아야 한다고 생각했다.

공정한 사람들은 '왜 나에게 이런 일이 벌어지는가?' 묻지 않고 '왜 나에게 이런 일이 벌어지면 않으면 안되는가?'라고 묻는다. 그들은 자신은 세상에서 일어나는 슬픈 일에 자신은 예외라고 생각하지 않는다.

고통을 겪은 성숙한 사람들은 남들의 고통을 보기 시작한다. '나는 어떻게 살 것인가?'라고 묻지 않고 '이제 그들은 어떻게 살 것인가?'라고 묻는다. 마틴 루터 킹은 '나는 무슨 일을 당할까?'에서 '그들은 무슨 일을 당할까?'로 질문을 바꾸었다.

사실, 내가 개인적으로 많은 작가들에게 가장 많이 배운 것은 고통에 대한 태도들이었다. 자신의 고통을 과대평가하지 말아야 한다는 것과 고통에 놀라는 대신 그동안 다른 사람의 고통에 얼마나 무감각했는지에 놀라는 것이 맞는다는 것과 고통스러운 변화를 두려워하지 말아야 한다는 것, 가장 큰 실망감을 주었던 일도 그 일 없이는 다른 어떤 일도 일어나지 않을 일이었다는 것에 대해서 배웠다.

그러나 내가 가장 많이 생각하는 사람은 책의 저자로는 도스또옙스끼이고 실존 인물은 세월호 유족들이다.

귀족이자 작가로 명성을 날리던 아름다운 오스카 와일드 경은 어느날 나락으로 떨어진다. 그 나락의 이름은

리딩 감옥이라는 교도소. 그에게 가장 참을 수 없는 것은 감옥에서의 목욕이었다. 귀족이고 아름다웠던 그는 열명의 죄수들이 씻고 난 더러운 물에 몸을 담가야만 했다. 오스카 와일드는 몸서리를 쳤다. 천민들과 살을 섞는다는 것은 있을 수 없는 일이었다. 그는 죄수들이 자신을 그들과 같은 부류로 생각할까봐 몹시 두려워했다. 그러나 시베리아로 유형을 간 도스또옙스끼는 불결한 목욕을 마치 예수의 세족식처럼 여겼다. 그는 죄수들이 자신을 형제로 받아들여주지 않자 괴로워했다. 자신을 받아들이지 않는 것은 아무래도 자신에게 단점이 있기 때문이라고 생각했다. 감옥을 나온 오스카 와일드는 종말을 향해 갔고 도스또옙스끼는 그때부터 시작이었다. 누군가는 끝이라고 생각할 때 누군가는 시작했다.

지금 나와 함께 지금 팟캐스트 방송「세상 끝의 사랑」을 제작하고 있는 진행자 예은 아빠 유경근 씨, 그의 소원은 예은이가 '아빠―' 하고 한번 부르는 것이다. 그런 일은 생기지 않는다는 가혹한 진실 말고, 다른 것은 다 사소하다. 4월 16일, 그들은 모두 각자가 믿는 신에게 기도하면서 팽목항으로 달려갔었다. 신은 말이 없었다. 내게 세월호 이후 유족들의 삶은 만약 어떤 신적인 존재가 있다면 그날 했을 그 일을 자신들이 해내려고 결심한 것처럼 보인다. 신이란 말이 생경하다면 간디의 말을 떠올려도 좋을 것이다. '자기 자신이 이 세상에서 보기를 원하는 그런 변화가 되어보려고 했다.'

그렇지만 사람들은 내게 묻는다. 그렇게 슬픈 이야기를 자꾸 들으면 당신도 치유받아야 하는 것 아닌가요? 나는 그 다정한 우려에 대해서 이렇게 설명해보고 싶다. 제작에 어려움은 있다. 섭외가 쉽지 않다. 한 아버지가 말했다. "이제 우리 아들이 군대를 가요. 동생이 그렇게 죽었다는 것을 알면 가혹행위를 당하거나 험한 말을 들을까 조용히 있고 싶어요." 많은 유족들은 말한다. "돈 더 받으려고 저런다는 비난을 참기가 힘들어요." 그런 일은 일어나지 않을 것 같지만 실제로 일어난다는 것을 나도 이제 안다.

나는 그 두려움을 내 것처럼 느낀다. 그러나 두려움만 느끼는 것은 아니다. 나는 내게 말하는 사람의 '깊은 고독'을 느낀다. 그들은 사람들이 모여 있는 왁자지껄 요란한 곳을 도저히 견딜 수 없어 홀로 멀리 밖을 떠돌 것이다. 그들의 한숨 한번에 이 세상을 이끄는 법칙에 대한 탄식과 말 못할 애절한 그리움이 섞여 있다.

재난참사 유족들과 함께 방송하면서 나는 다른 방식으로는 배울 수 없는 것을 그들에게 배웠다. 나는 치유가 필요한 것이 아니라 당혹스럽게도, 상처가 만든 은총인 고독의 치유를 받고 있다. 나는 유족들을 보면서 조각가 자코메티의 마지막 인터뷰 내용을 떠올린다.

'인간의 삶에서 가장 아쉬운 점이 있다면 그건 사람이 딱 한번 죽어야 한다는 사실입니다. 만약 인간이 두번 죽을 수 있다면 세상이 얼마나 더 진지하고 진실해질까 상상을 해봅니다. 가령 한번 죽고 두번째 삶을 살아가는 인생을 한번 상상해봅시다. 우리의 삶을 에워싼 그 많은 부질없는 것들을 걷어내버릴 수 있는 유일한 수단이자 자신을 진실하게 바라볼 수 있는 시간을 선물받은 것입니다. 남의 시선에서 벗어난 시간이죠.'

스튜디오의 문을 열고 자코메티의 조각처럼 깡마른

사람들이 내게로 걸어온다. 깊은 고독을 품고 걸어온다. 그토록 사랑하던 사람을 잃었을 때, 한번 죽고 두번째 삶을 살아가게 된 사람들이 말을 한다. 그들은 고통받고 불행했으나 사랑과 진실을 버리지 않았다. 그 입에서 나오는 많은 말들이 비현실적이다. 큰 불행을 만나 행복했던 추억들마저 견딜 수 없어진 사람들이 타인의 행복을 바란다. 타인은 안전하고 건강하고 사랑하는 사람과 헤어지지 않기를 바란다. 그들은 다른 사람의 자식의 가치는 자기 자식의 가치와 같다고 생각한다. 그들은 휘트먼의 시구를 떠올리게 한다.

당신은 내가 누구인지, 내가 무엇을 의미하는지 결코 알지 못하리라,
그러나 나는 그럼에도 불구하고 당신에게 건강을 줄 것이다
　　　　　　　　　　　　　　　　—「나 자신의 노래」 중에서

누가 그들만큼 우리의 행복과 안전, 건강을 바라는

가? 나는 가장 큰 불행을 겪은 고독한 사람들이 타인의 행복을 바라는 것을 잊을 수가 없다. 방송을 마친 그들이 쓸쓸한 길을 걸어가리는 것 또한 안다. 그들의 고독을 사랑하지 않기란 불가능하다. 그들 덕분에 내가 태어났고 아직 살아 있음을 낭비하지 않기를 바라게 되었다. 내가 그들에게 들은 바를 기록한다면 누군가 "이 책은 천국에서 쓰인 거야?"라고 물을지 모르겠다.

어떻게 살 것인가

처신을 잘한다는
것에 대하여

똘스또이의 『부활』에는 자신의 인생을 '그것이 아님'으로 설명하는 셀레닌이라는 법무부 관료가 나온다. 그는 젊은 시절 너그럽고 총명한 모범생이었다. 그의 젊은 시절 목표는 다른 사람을 위해 봉사하는 것이었고 그래서 관직에 들어갔다. 그런데 관직은 그가 생각한 것과 달랐다. 그는 현실이 평소 자기가 바라던 것과 큰 차이가 난다는 것을 알면서도, 즉 '그것이 아님'을 알면서도 주위 사람들의 기대를 저버리지 싶지 않아서 그냥 그 생활을 이어나간다. 그는 결혼도 거절하면 상대방 여자가 상처받을까봐 했고 그러다보니 서로를 이해하려는 것보다는 다른 사람들의 눈에 그럴싸하게 보이는 데 치중하게 되었다. 그는 가정생활도 '그것이 아님'을 알게 되었다.

그런데 더 큰 '그것이 아님'은 다른 곳에 있었다. 진실이란 인간 개개인의 지식으로는 알 수 없는 것이고 집단에 의해서만 인식되는 것이란 생각이 바로 그것이었다. 그런데 바로 이것이 가장 큰 '그것이 아님'이었다. 이렇게 생각하는 순간 그는 자신이 허위를 행하고 있다는 자각 없이, 남들도 다 그렇게 한다고 생각하면서, 세상은 원래 그런 거라면서, 개인은 하나의 작은 물방울에 불과하다고 자체평가하면서 아무런 기쁨과 위안을 주지 않는 직장생활과 가정생활에 평온하게 안착할 수 있었다.

이 이야기는 똘스또이가 쓴 다른 작품 『이반 일리치의 죽음』을 생각나게 한다.

이반 일리치 삶의 소신은 인생이란 모름지기 편안하고 기분 좋고 즐겁고 고상해야 한다는 것이었다. 이반 일리치의 고상함은 이런 거다. 그는 검사다. 자신이 파멸시키기로 마음만 먹으면 누가 되었든 그대로 파멸의 구렁텅이로 몰아갈 수 있는 막강한 힘이 자신에게 주어졌다는 권력 의식을 생생하게 느끼면서도 자기처럼 막강한 권력을 가진 사람이 법원에 온 낮은 신분의 사람들을 친구처럼 편하게 대한다는 인상을 주도록 신경을 쓰고 그런 평판을 듣는 걸 즐기는 것, 법정에 들어설 때나 부하 직원들을 만날 때면 분명하게 전해져오는 자신에 대한 예우를 팽팽하게 즐기는 것, 상관이나 부하 직원들을 상대로 성공을 거두는 것. 자신과 격이 맞는 사람들과의 저녁 식사나 파티, 동료들과 나누는 담소, 식사, 카드놀이로 이어지는 생활. 이반 일리치는 결혼도 아내가 될 여자를 너무도 사랑해 그녀에게서 자신의 인생관을 함께 나눌 무엇인가를 발견했기 때문이 아니라 그런 여자를 아내로 얻는 것이 기분 좋고 자신보다 더 높은 지위의 사람들이 옳다고 여기는 일을 한다는 느낌 때문에 한다.

하지만 유감스럽게도 버트런드 러셀이라면 이렇게 사는 삶을 고상함이라고 절대 말하지 않았을 것이다. 버트런드 러셀은 인생 중반쯤에 이르렀을 때 자신의 삶을 돌아보면서 이런 말을 한다. 나의 하루는 습관과 타성으로 계속되며 다른 사람과 함께 있을 때 나는 내가 매일 하는 일과 매일 겪는 즐거움의 밑바닥에 놓여 있는 절망감을 잊게 된다. 그러나 혼자서 아무 할 일 없이 있을 때는 나는 내 삶이 목적이 없고 나머지 생애를 바칠 만한 새로운 아무런 목적도 없다는 것을 스스로 감출 길이 없었다.

이반 일리치는 죽기 전에 아내와 자식, 의사, 법무부 동료들을 보면서 자신이 못 견뎌하는 그들의 행동이 바로 건강할 때 자기의 모습이었다는 걸 알게 된다. 그는 가족과 동료들이 자신을 가엾게 여겨주기를, 그와 함께 울어주기를 간절히 바랐지만 그는 그렇게 말하지 않았고 동료들도 그렇게 하지 않았다. 그래서 그의 생애 마지막 독, 마지막 거짓은 울고 싶은데 울지 않는 것이었다. 그건 무슨 숭고한 이유 때문이 아니고 남들이 어찌 생각할까 두려워서였다.

소설의 마지막에 고통에 시달리던 이반 일리치가 영혼의 소리와 대화를 나누는 장면이 나오는데 내용은 대체로 이렇다.

네게 필요한 것이 무엇이냐?
무엇이 필요하냐고? 더이상 고통받지 않는 것, 그리

고 사는 것.

　사는 거라고? 어떻게 사는 거 말이냐?

　전에 살던 것처럼 그렇게 사는 것이지, 기쁘고 즐겁게.

　전에 어떻게 살았었는데? 그렇게 기쁘고 즐거웠나?

　이반 일리치는 행복했던 지난날 삶에서 최고로 좋았던 순간들을 마음속에 그려보기 시작한다.

　어쩌면 내가 잘못 살아온 건 아닐까?

　난 정해진 대로 그대로 다 했는데 어떻게 잘못될 수가 있단 말인가?

　그럼 이제 네가 원하는 것이 무엇이냐? 사는 것? 어떻게 사는 것을 원하는 것이냐?

　그의 고민은 계속된다. 그리고 또다시 결론을 내린다. 아무리 생각해도 올바르고 품위 있는 삶이었다고. 그렇게 이주일이 지나자 그는 자기 삶에서 지키고 변호해야 할 것들이 아무것도 없음을 깨닫는다. 나에게 주어진 모든 것들을 나 스스로 망쳐놓았다는 생각을 가진 채 또 그것을 바로잡을 기회도 없이 눈을 감아야 하는 것이라면 그 땐 정말 어떻게 되는 걸까? 이것이 이반 일리치의 마지막 질문이었다.

이반 일리치는 죽음 앞에서 스스로 심문관이 되어서 자신을 취조한다. 죽음으로부터 시작해서 삶을 다시 본다. 고상하고 즐거운 삶이었다고 생각했지만 그것이야말로 '그것이 아님'이었다. 지혜로웠다기보다는 관습적이었고 그의 고상함이란 것도 자기의 삶이 아니라 자기가 가진 것을 누리는 것에 불과했다. 일평생 자기 자신과 닮은 사람 외에는 관심도 없었고 자신을 남보다 우위에 두는 얄팍한 자기만족으로 가득 차 있었다. 자아는 깊이가 없고 이상이라 할 만한 것도 없고 예의바른 것처럼 보이지만 나르시시스트였다.

이반 일리치의 후회스러운 삶의 핵심은 그가 참으로 잘 처신했다는 점이다. 그는 잘못된 세상에 맞게 잘 처신했고 잘 적응했다. 내가 오래전에 알았던 몇몇 사람들은 이반 일리치적인 삶을 살고 있다. 좋아하지도 않는 세상의 일부가 되기 위해서 자신에게 가장 좋은 것들을 포기했고 나는 그 사실이 슬프다. 유토피아는 세상에 없는 곳이라지만 그래도 어떤 곳을 유토피아로 만드는 것은 자신에게 가장 좋은 것을 포기하지 않는 것을 빼놓고 말할 수는 없다.

이반 일리치와는 반대로 현실에서는 많은 탄식을 했지만 충만한 감정을 품고 죽어가는 사람을 생각해본다. 이들의 삶은 만족감과는 거리가 멀었다. 차라리 순수한 절망이나 깨끗한 괴로움이 함께했다. 많은 고통이 있었으나 최종적으로 인생을 결산해야 할 순간, 후회할 것은 없는 삶을 살았다. 그들은 그동안 잘못 살았다는 자각에서부터 시작해, 자만심 가득한 정체성을 버리고 과거와 단절하고 남은 시간 동안 나름의 의미를 부여할 수 있는 어떤 일을 하고자 했다. 그들은 세상은 '원래 그런 것이야'와 정반대되는 삶을 살았다. 삶을 깊이 즐기는 것이 아니라 시간을 죽이는 유흥거리들로 만족하게 하고, 자신을 위해서라면 얼마든지 남을 비인간적으로 만드는 세상에 맞춰 잘 처신한 것이 아니라 작별을 고했다. 고상함과 품위는 거기서 나왔다. 그들은 그렇게 브레이트가 말한 것처럼 이미 지나간 것이 아니라 앞으로 꼭 와야 할 세상의 한 부분이 될 수 있었다.

우리의 숙명은 죽음처럼 의심할 여지가 없는데, 여전히 의심스럽고 확실한데 그것이 언제일지 확실치 않은 것과 함께 사는 것이다. 언제일지 알 수 없으므로 매일 생각할 필요도 없고 적절히 잊고 산다. 그런 우리가 정색하고 죽음에 대해 생각한다는 것은 '내가 과연 잘 산 걸까?'가 다른 무엇보다도 중요해지는 또다른 세계가 우리와 관련되어 있다는 뜻이기도 하다. 죽음을 생각하지 않는다는 것은 삶을 생각하지 않는다는 것과 같다. 그리고 사실상 우리는 매일 죽어가고 있다. 매일 죽어가고 매일 태어나고 있다. 자코메티는 죽음이야말로 우리가 진실하게 살 수 있게 만드는 가장 강력한 무기라고 했다. 그는 우리가 매일 탄생의 기적을 경험하고 있다고 생각했다. 매일 태어나고 있으므로 매일매일을 어제보다 더 특별하고 흥미로운 날이라고 생각했다. 알퐁스 도데는 스스로 수십통의 자기 부고를 작성하면서 삶과 죽음을 묵상했다. (그렇지만 나는 나를 위한 부고기사 같은 것은 절대로 어디에도 실리지 않았으면 좋겠다. 가뿐하게 죽고 내 몸은 유용한 비료가 되면 좋겠다.)

우리가 영원히 살지 않는다는 것을 제대로 의식하면 삶은 바뀐다. 많은 문제가 진짜로 의식하면 바뀌지만 말이다. 마틴 루터 킹은 칼날로 공격당해 죽을 뻔한 위기를 넘기자 이렇게 말했다. 그때 죽었더라면 내 꿈을 말하지 못했을 것입니다. 리베카 솔닛은 우리가 다 죽은 후, 미래세대의 눈으로 삶을 보려고 했다. 그녀는 지구가 이렇게 파괴되고 있는데 몸매 관리에만 신경 쓰는 우리를 보고 미래세대는 우리를 미쳤다고 할 것이라고 생각했다. 아마 우리도 여기서 출발해야 할 것이다. 마치 시인 에이드리언 리치가 에이드리언 리치 자신에게 전화로 말했듯이.

에이드리언에게,
오늘밤 난 당신에게 전화를 걸어요
친구에게 전화를 하듯이

혼령에게 전화를 하듯이 말이죠

당신이 여생 동안 무얼 하려는지 물어보려고요

가끔 당신은 마치 남은 시간을 다 가진 것처럼

행동하죠. 당신이 그럴 때 난 걱정이 돼요.

(…)

난 당신이 마음속에 무언가를 가지고 있기를 바랍니다.

난 당신이 남은 인생에 대해

어떤 생각이라도 하기를 바랍니다.

자매애로,

에이드리언이

─「모순들, 그 흔적을 따라」 중에서

누구나
한번만 산다면?

호시노 미찌오는 토오꾜오 칸다의 헌책방에서 『알래스카』라는 서양 원서를 발견한다. 그리고 그 책에 실린 알래스카 쉬스마레프 마을의 사진에 매료된다. 공중에서 찍은 사진이었다. 황량한 북극해에 떠 있는 작은 마을, 이런 땅끝 같은 곳에서 어떻게 인간이 살 수 있지? 이 질문이 그를 알래스카로 이끌었다.

그는 쉬스마레프 마을에 엽서를 보낸다. 하지만 누구에게 보내야 할까? 그는 영어사전에서 'mayor'(촌장)라는 단어를 찾아낸다. 주소도 없이 엽서를 보냈다.

쉬스마레프 촌장님께,
저는 일본에 사는 호시노 미찌오라는 스무살 대학생

입니다.

저는 알래스카의 대자연이나 야생동물에 관심이 많습니다. 올여름 알래스카에 갈 예정입니다. 가능하다면 쉬스마레프를 찾아가 한달쯤 그곳 분들과 함께 생활해보고 싶습니다. 하지만 저는 그곳에 아는 사람이 없습니다. 괜찮으시면 저를 받아줄 가족을 소개해주실 수 있을는지요. 저는 알래스카의 대자연과 야생동물, 일상생활을 알고 싶습니다. (…) 그럼 부디 잘 부탁합니다.

반년 뒤 그는 쉬스마레프 마을에서 답장을 받는다.

친애하는 호시노 씨,

답장이 늦어 미안합니다.

호시노 씨가 우리 집에 묵을 수 있는지를 놓고 아내와 이야기해보았습니다. 몇월에 올 수 있는지 알려주세요.

6월과 7월이면 여기에서는 순록을 돌보며 거의 마을에서만 시간을 보냅니다. (…)

우리는 당신을 환영합니다.

이렇게 해서 1973년 알래스카를 찾아간 이후 1996년 8월 43세가 되던 해 쿠릴호반에서 불곰에 물려 죽을 때까지 호시노 미찌오가 본 풍경과 겪은 일들은 남에게 들은 것들이 아니다.

하와이에서 겨울을 난 흑고래는 4000킬로미터를 여행해서 먹을 것을 구하러 알래스카로 온다. 그 흑고래들은 '버블넷 피딩'이라고 하는 신비로운 먹이활동을 한다. 청어떼를 발견한 흑고래는 그 밑을 나선형으로 선회해서 거품을 뿜어내고 거품은 원기둥 모양의 벽(버블넷)이 된다. 청어는 가짜 원기둥에 갇힌다. 거품을 무서워하는 청어가 가짜 벽을 뚫지 못하면 그때 흑고래가 아가리를 벌리고 솟구쳐올라 청어를 먹는다.

이 먹이행동 전에 신비로운 일이 일어난다. 우두머리가 중심이 되어서 노래를 부르는 것이다. 어느해 미찌오는 흑고래 일곱마리를 발견했다. 그는 수중 마이크를 바닷속에 넣고 헤드폰을 썼다. 바다에서 쥐어짜내는 듯한 구슬픈 노랫소리가 들렸다. 미찌오는 소리를 지르고 싶은 심정이었다. "지금 내 밑에서 흑고래들이 노래를 부르고 있다!"

이듬해 미찌오는 다시 청어떼를 쫓는 흑고래 다섯마리를 만났다. 그는 고무보트의 엔진을 끄고 원기둥이 만들어지기를 기다렸다. 그런데 놀랍게도 원이 청어떼가 아니라 미찌오가 탄 고무보트를 에워싸며 떠오르는 것 아닌가! 수면 아래에 고래의 거대한 그림자가 보였다. 피할 시간은 없었다. 그런데 갑자기 고래들이 솟구치기 직전에 원 밖으로 빠져나갔다. 온몸의 힘이 빠진 미찌오는 눈앞에서 숨을 뿜어대는 거대한 생물을 망연자실 지켜보았다. 버블넷 피딩은 굉장한 먹이활동이지만 그것을 순간적으로 멈춘 흑고래들의 행동을 언제까지고 잊을 수 없다고 호시노 미찌오는 쓰고 있다.

어쩌면 우리 모두는 이런 이야기를 기다리고, 찾고 있는지도 모른다. 이런 이야기를 읽으면 갑자기 주위는 깨끗하고 고요해지고 마음도 정지상태가 되고 세상은 "우와!" 믿을 수 없이 경이롭고 놀라운 곳으로 느껴진다. 그때 우리 내면에도 무슨 일인가 벌어진다. 순수한 영혼에 대한 최고의 반응은 순수한 영혼이 되는 것이므로 나도 잠시 순수해진다. 이 숨 막히게 아름다운 이야기 속에서 나를 찾고 싶어진다. 이렇게 아름다운 이야기를 듣고 아는 나는 앞으로 어떻게 살 것인가?

이런 경이로움을 직접 맛본 그의 생각이 더 알고 싶어져 그의 책들을 열심히 읽었고 매번 너무나 많은 아름다움을 발견했다. 최초에 매료되었던 풍경에서 출발해 자신의 인생길을 만들어내는 순수함, 진짜로 뭔가에 인생을 걸 줄 아는 용기와 대담함, 심장이 뛰는 것에 충실한 꿈, 그리고 무스, 카리부떼, 그리즐리 곰…… 그 생명들을 하나하나 알게 되고 만나보고 몸짓을 알게 된다면 정말 좋을 것이다. 그는 자연이란 작은 것에도 큰 상처를 입는 강하면서도 약한 것, 아슬아슬하게 균형을 이루고 있는 것이라는 것을 알고 있었다. 그의 사진과 글은 항상 두가지가 함께 있다. 고독, 그리고 온기. 그 둘이 합해져서 다시 못 볼 각각의 생명이 된다.

1990년 십칠년 만에 호시노 미찌오는 쉬스마레프 마

을을 다시 찾는다. 밤이 되자 그 옛날 미찌오를 환영해주었던 집의 며느리가 낡은 봉투를 내놓는다.

"미찌오, 이것 기억나?"

십칠년 전에 호시노 미찌오가 부친 바로 그 편지였다.

그 빛바랜 편지가 호시노 미찌오를 순식간에 십칠년 전으로 돌려놓는다. 살아온 그 세월을 돌아보게 만든다. 알래스카에서 십칠년을 보낸 호시노 미찌오가 가장 하고 싶었던 말은 무엇인가. 아무리 다른 환경에서 살아도, 인간은 한가지 공통점에서는 전혀 다르지 않다. 그것은 누구나 더없이 소중한 인생을 꼭 한번만 산다는 것이다.

사람들은 왜 자연으로 눈길을 돌리는 걸까. 알래스카 들판을 걷는 그리즐리 한마리에서, 영하 50도의 혹한에서 지저귀는 박새에서 우리는 왜 눈길을 떼지 못할까. 아마도 우리는 그 곰이나 작은 새의 생명을 통해서 무의식적으로 우리 자신의 생명을 보고 있는 것인지도 모른다. 자연에 대한 관심이 다다르게 되는 종착점은 자기 생명, 살아 있다는 것의 신비일 터이기 때문이다.

사람이 살아갈 수 있는 환경이라면, 생물의 다양성이
야말로 무엇보다 소중할 것이다. 이리가 어슬렁거리는 세
계가 어딘가에 존재한다고 의식할 수 있는 것…… 그것은
상상력이라는 눈에 보이지 않는 풍요를 가져다주고, 우리
가 누구인지, 지금 어디에 서 있는지를 계속 가르쳐줄 것
이다.

　　조금 추워졌다. 붉은다람쥐의 경계음이 여전히 계속
되고 있다. 눈을 뒤집어쓴 가문비나무들을 올려다보지만,
어디 있는지 알 수 없다.

　　바야흐로 긴 겨울이 시작된 것이다.

　　　　　　　　　　　—『알래스카, 바람 같은 이야기』중에서

　　지금 이렇게 호시노 미찌오의 글을 옮겨 적으면서 시
간이 흐르는 것을 느끼고, 이 또한 다시 올 수 없는 시간
이라고 생각하니 그 소중함 때문에 가슴이 아리다. 우리
가 무엇인가 된다는 것은 다시 올 수 없는 시간 속에서다.
신비는 이렇게 현실 속에, 잊을 수 없는 이야기 속에, 잊을
수 없는 미지의 것 속에, 잊을 수 없는 얼굴 속에, 다시 못

올 시간 속에 있다. 흘러가는 시간이 아쉬워져 사물 하나하나를 자세히 바라보고 싶다. 모든 살아 있는 것을 느끼고 모든 살아 있는 것을 소중히 사랑하고 싶다. 지금 살아 있다는 것의 의미에 대해서 생각해보고 싶다. '우리가 숨 쉬는 조건을 조금 더 밀고 나가보는 것, 그것이 살아 있다는 것의 의미가 아닐까?'라고 에이드리언 리치는 읊었다. 덧없는 삶을 기적이게 하기 위해서는 다른 것은 필요없다. 믿고 사랑하라. 상대방의 호흡을 느껴라,라고 니코스 카잔차키스는 말했다. 이런 감정들만이 찰나를 넘어 영원할 것 같다. 호시노 미찌오 책의 제목이 '영원의 시간을 여행하다'인 이유를 조금은 알겠다.

우리의 시간 속에, 영원의 흔적이 있다. 우리는 그 시간을 여행 중이다.

넌 알아?
어떻게 살아야 하는지?

김한민 작가의 그래픽 노블 『비수기의 전문가들』은 우리가 익히 아는 질문으로 시작한다.

"사는 거,

그거 어떻게 하는 거야?

어디서

뭘 하며

누구와

어떻게 사는 거야?

넌 알겠어? 난 모르겠는데"

"넌 알아? 어떻게 살아야 하는지?"

이보다 더 대답하기 곤혹스러운 질문도 있다.

"삶,

그거 살아야 하는 거 맞아?"

영 해답을 모르겠으니 어딘가로 가서 다시 시작해보
기로 결심한 주인공은 한국을 탈출해서 다른 곳 ― 리스
본 ― 으로 갔다. 할 수만 있다면 나도 리스본에 가고 싶
다. 아니, 한국만 아니라면 어디라도…… 이런 생각을 입
밖으로 내본 적도 있다.

"사는 거,

그거 어떻게 하는 거야?

　　　어디서

　　　뭘 하며

　　　누구와"

이것이야말로 삶을 사는 데 가장 중요한 질문들이다.

특히 안정감과 관련된 가장 중요한 질문이다. 문제는 안정감과 관련된 문제이기 때문에 안정감을 줄 수만 있다면 덥석 얼른 잘 따져보지 않고 선택할 가능성이 높은 가장 중요한 질문이란 것이다. 너무 중요해서 대충 대세에 떠밀려 선택하게 될 수 있는 질문들이다.

아니면, 자신의 정체성을 브랜드에 대한 충성도(이를테면 나는 에르메스 백을 색깔별로 가지고 있는 사람이야)로 착각하는 사람들은 '넌 알아? 어떻게 살아야 하는지?' 이 질문을 이렇게 바꾸고 있는지도 모른다. '넌 알아? 어떻게 사야 하는지?'

주인공에게는 하나의 질문이 있었다.

'나라는 인간은 끝끝내 무엇을 긍정하게 되느냐?'

남들은 뭐라도 긍정할 것이 있던데, 과연 무엇을 긍정하게 되느냐. 그것이 문제로다, 죽느냐 사느냐보다.

여기서 중요한 것은, 질문을 던질 수 있다는 것의 가치는 생각보다 크다는 점이다.

우리 인생은 자신이 제기한 질문에 대한 답을 찾는 과

정이라고 볼 수 있다. 휘트먼은 나는 무엇인가,라는 질문을 던졌고 조지 오웰은 나는 왜 글을 쓰는가, 까뮈는 왜 살아야 하는가, 토니 모리슨은 어른이 된다는 것은 어떤 것인지, 남자들에게 휘둘리지 않은 삶이란 어떤 것인지를 물었다.

똘스또이는 안나 까레니나를 통해 나는 그이 없이 살 수 있을까,라고 물었다. 그 질문에 수많은 무의식이 걷잡을 수 없는 속도로 달라붙었고 결국 그녀는 '오! 하나님 내가 무슨 생각을 하고 있는 건가요' 묻고는 기차에 몸을 던졌다. 플로베르의 말을 따르면 결론에 도달하려는 가장 무익하고 치명적인 광기가 그녀에게 따라 붙은 것이다.

우리는 질문을 구하고 대답에 따라 살려 하지만 릴케는 인내심을 가지고 대답을 기다리되 질문에 따라 살라고 했다.

그렇다면 주인공은 제기된 질문에 대한 답을 어떻게 찾으려 했을까? 그는 일종의 대조법을 쓴다. 아닌 것부터 지워나간다. 긍정할 '무엇'을 찾는 주인공은 일단 반대자가 된다.

공감이 아니라 비공감주의(무언가가 진짜일수록 공감하기 어렵다는 주의)의 창시자, 지속가능한 삶이 아니라 지속가능한 삶의 모습을 의심하는 자(삶을 중산층 평균으로 올리는 것이 인류의 목표라지만 지속가능하게 해야 할 삶의 모습이 더 큰 아파트나 차를 갖는 것에 불과해? 고작 그게 다야? 인간이 고작 그것밖에 안돼?), 만사의 (이득이 아니라) 가치를 음미하려는 자(나나 내 처자식이 직접 하는 것은 반대하지만 멀리서 남이 할 때는 '좋아요' 한번 눌러주는 정도의 가치. 그런 가치가 가치일까?), 만사를 실감하려는 자(왔노라 찍었노라 올렸노라, 다들 찍고 올리느라 바쁜 이런 세상에서, 정말 진지하게 받아들이고 질문을 던지는 텍스트는 메뉴판뿐인 세상에서 어떻게 만사를 실감하지?), 있는 그대로가 아니라 없는 그대로 당당한 자, 세상을 작동시키는 원리가 아니라 세상을 작동시키지 않는 원리에 대해서 알고 싶어하는 자, 자기 상처에는 펄쩍 뛰어오르면서 왜 다른 생명이 무의미하게 파괴되는 것은 무시하는지 묻는 자가 된다. 그 결과 주인공은 넌 왜 이렇게 삐딱해? 왜 그렇게 부정적이야?라는 말을 듣게 된다.

　이렇게 어마어마한 반대자가 된 다음 결국 주인공은 무엇을 긍정하게 될까?

　주인공이 꽤 깜짝 놀라는 순간이 있다. 주인공이 '저런 노인이랑 눈이 마주치다니 재수없어'라고 속으로 생각하던 꾀죄죄하고 볼품없는 노파가, 죽어서 길거리에 널브러져 있는 비둘기(쓰레기)를 보는 장면이다. 이제 그런 것에 신경 쓸 틈 없이 바쁜 성인 남녀들인 우리들은 재빨리 고개를 돌리고 외면하는 비둘기 사체(귀여운 아이들에게 엄마들이 결코 만지지 못하게 하는 그것, 아이 불결해!라고 말하는 그것)를 노파가 주워 쓰레기통에 버린다. 악취를 참아가면서 하는 것도 아니다. 그냥 누군가 해야만 하는 일을 마침 그 자리에 자신이 있어서 하는 것처럼 한다. 주인공은 바로 이것을 보고 놀란다. 독자인 내게 노파보다 더 놀라운 것은 그것을 보고 놀라는 주인공이다. 나라면 노파가 비둘기를 줍는 전 과정을 지켜봐도 놀라지 않았을 가능성이 더 높다.(하긴, 도스또옙스끼가 옆을 지나가도 너무 행색이 초라해서 전혀 몰라보겠지만.)

　주인공이 놀라고 나서야 아, 이게 놀라운 일일 수 있구나 겨우 애써 깨달아보려고 할 때 데이비드 실즈가 『문학은 어떻게 내 삶을 구했는가』에서 인용한 갈레아노의 짧은 글이 생각났다. 트레이시 힐은 코네티컷 마을에 사는 아이였는데 하느님의 다른 귀여운 어린 천사들처럼 트레이시도 제 나이에 걸맞은 놀이를 했다. 어느날 학교의 꼬마 친구들과 함께 트레이시는 불붙인 성냥을 개미집에 던졌다. 아이들은 이 아이다운 놀이를 즐겼는데 트레이시는 다른 것을 보고 말았다. 다른 아이들이 보지 못했거나 못 본 척한 것, 하지만 트레이시에게는 평생 기억에 새겨진 무언가를 본 것인데, 그것이 무엇이었냐면 위험한 불과 마주친 개미들이 둘씩 짝을 짓더니 서로 바짝 붙어서 죽음을 기다리고 있는 것이었다.

　그리고 마르그리뜨 뒤라스가 생각난다. 뒤라스는 파리가 죽어가는 것을 지켜보고 있다. 파리는 오랫동안 고통받으면서 버둥거리다가 서서히 죽었다. 파리는 뒤라스가 친구를 만난 날 세시 이십분에 죽었다. 뒤라스는 친구에게 파리가 죽었다고 이야기한다. 친구는 웃는다. 뒤라스는 웃어서는 안되는 것이었다고 생각한다. 파리의 죽음은 이해할 수 없는 의미와 무의미한 의미, 그 사이 어딘가에 있는 사건인 것이다.

아이작 씽어는 떨어지는 낙엽, 죽은 나비를 위해서도 장송곡을 불러줄 줄 알아야 한다고 생각했다. 플라토노프의 구덩이에서 한 남자는 낙엽을 가방에 넣으면서 아무도 너를 기억해주지 않는다면 내가 너를 기억해줄게!라고 말한다.

주인공에게 이렇게 물어볼 수도 있을 것이다.

"저기, 노파가 한마리 비둘기 사체를 치우는 것이 그렇게 놀랄 일이에요? 저도 초딩 때는 그런 생각을 했었거든요. 길거리에 죽은 고양이가 불쌍하다고요. 지금도 죽은 새가 있으면 밟지 않으려고 피해 가요. 운전할 때도 얼마나 조심한다고요. 그런 이야기 하면 너무 착한 척한다고 욕먹지 않을까요?"

누군가 착한 척이라고 부르는 것이 한때는 선한 행동, 사랑이라고 불렸음을 잊지 말자.

그러나 주인공의 생각이 낯설다고 느껴지는 이유는 무엇일까, 짚어보고 싶다. 나는 여기서 가치에 대한 태도를 본다. 바로 헤르만 브로흐가 『몽유병자들』의 중요한 주제로 삼았던 가치에 대한 세가지 태도이다.

1. 가치를 충실히 지키려는 자(과거의 가치이긴 하지만)

2. 가치가 중요한 것은 알겠는데 무엇이 가치 있는 것인지 구별을 못하는 자

3. 가치가 사라진 시대에 완전히 적용하는 자

헤르만 브로흐야말로 문학의 예언자였다. 모리스 블랑쇼의 말처럼 이제 인간들은 성격 차이로 싸우는 것이 아니고 사건들 때문에 격돌하는 것도 아니고 가치들 때문에 싸운다. 인간들은 각각 표방하는 가치를 연기한다. 그 과정에서 저마다 실제보다 더 정의에 관심 있는 것처럼 보일 수도 있다. 어쨌든 이제 사실이 아니라 추상적인 힘이 싸운다. 그리고 가장 낮은 가치가 가장 높은 가치를 누

른다. 점점 세번째 범주의 사람이 늘어난다. 가끔 우리는 어떤 무책임한 사람이 자신이 한 일을 전혀 사과하지 않는 데 놀란다. 너무 뻔뻔하다거나 저 사람은 인간이 아니라고 말한다. 그러나 따지고 보면 놀랄 일이 아니다. 그 사람은 비난이나 책임을 모면하기 위해서 그러는 것이 아니다. 성공이 지배하는 세계 내부에 철저히 속해 있으면, 누군가를 파멸시키는 이야기도 양심의 가책으로 시달릴 일이 아니라 합리적인 일로, 사리와 논리에 맞는 일로, 효율적인 일로, 세상의 이치에 맞는 일로 변모한다. 그 세계에는 그 세계의 합리성과 논리가 있는 것이다. 그들은 진실로 자기 행동의 의미를 절대로 모른다. 그는 고통스럽지 않고 평화롭다. 브로흐는 최초로 시스템이 내면화된 자, 시스템으로 정당화되는 보통 사람의 내면을 보여줬다. 세상은 이미 그들의 일부분, 개성이 되었으므로 마음속에서 더이상 갈등을 일으키지 않는다. (스땅달이 『적과 흑』을 쓰던 시대만 해도 싫어하는 세상에 완전히 동의할 수 없음은 한 인간의 내면에서 벌어지는 가장 치열한 전투의 주제였다.)

한때 인간은 사라져도 가치가 남는다고 했는데 지금
은 가치는 사라지고 인간만이 남았다. 우리의 본성은 사
실과 가치 사이를 넘나든다지만 지금은 가치를 이야기하
는 사람은 현저하게 줄어들었다. 이런 시대에서는 가치
있는 일이라곤 전혀 하지 않는 사람이 가장 이성적이고
합리적인 사람이다. 가치기준이 사라진 시대에서는 각자
요령껏 살 방법을 찾아야 한다.

　가장 분별력 있는 사람은 자신의 불확실성을 없애는
데 몰두하는 사람이다. 이것이 브로흐가 발견한 실존의
불길하고 새로운 단면이다. 왜냐하면 우리가 살기 위해서
는 생존 말고 다른 것에 가치를 두는 사람이 필요하니까.
어떤 좋은 일도 그 일을 지속하는 인간이 있어야만 가능
하니까. 그러나 이것은 세계문학사 악당 중 내 기준으로
다섯 손가락 안에 드는 『오셀로』의 이야고가 가장 참을 수
없는 것이었다. 이야고는 누군가가 어떤 가치를 중시하는
것을 참을 수 없었다. 이야고는 어떤 가치를 중요하게 여
기고 그것을 지키려고 하는 것을 위선이라고 생각했다.

주인공은 이야고가 참을 수 없어서 파괴에 일조했던 가치를 충실히 지키는 자에 속한다. 주인공이 아무도 거들떠보지 않는 비둘기의 사체를 아무도 거들떠보지 않는 노파가 치우는 일에 가치를 느낀다. 세상에는 수많은 파괴가 있지만 누군가는 뭔가를 돌보고 있다는 데서 가치를 느낀다. 나는 비둘기 사체를 치우는 노파를 그려보면서 가슴의 중심부를 찌르는 묘한 것, 슬프고도 야릇한 향수를 느낀다. 지난 시절, 근심 걱정 없던 어린 시절에 대한 향수가 아니다. 앞으로 점점 더 많은 것을 아무도 눈여겨보지 않으리라는 것, 앞으로 점점 더 많은 것이 중요하게 여겨지지 않으리라는 예감에서 기인하는 향수다. 아마도 우리의 향수는 지나간 날들에 있지 않을 것이다. 지금 우리가 놓쳐서는 안될 중요한 뭔가를 잃어버리고 있다는 사실에 있을 것이다. 지금 미소를, 아름다움을, 서서히 삶을 잃어버리는 중이라는 데 있을 것이다.

그러나 잃어버리는 것이 있으므로 얻는 것도 필요하다. 긍정할 것이 필요하다. 긍정할 것이 많지 않은 사회에서 무엇을 긍정하느냐는 한 인간의 본질을 드러내는 태도이다. 알랭 바디우는 긍정할 수 있는 것이 아니라면 아무것도 흥미롭지 않다고 했다. 주인공은 누군가 무엇인가를 돌보는 것을 긍정한다.

주인공은 긍정한 '무엇'을 최초의 질문, '넌 알아? 어떻게 살아야 하는지?'와 연결한다. 그에게는 제임스 조이스가 말한 에피파니(뭔가를 확 깨닫는 것)가 아니라 에피파니의 지속이 중요했고, 무엇을 지속하게 할지 섬세하게 구별(긍정)한 다음, 그것을 (말로만이 아니라) 살아내는 것이 중요했다. 언제나 말에 깊이를 주는 것은 행동이다.

쿤데라가 생각난다. 쿤데라는 『만남』에서 체코의 작곡가 야나체크의 오페라 「꾀바른 암여우」에 대한 글을 쓴다. 그 오페라는 삼림 감시원이 여우, 그다음에는 개구리와 몇마디 이야기를 나누다가 나무 아래서 잠드는 것으로 끝난다. 그가 (코를 골지도 모르는 동안) 음악이 황홀하게 펼쳐진다. 이 오페라의 결말에 대해 비판적인 사람들은 개구리를 삭제하고 삼림 감시원이 뭔가 멋진 말을 하면서 끝내는 것이 낫지 않겠느냐는 의견을 냈다. 야나체크는 거절했다. 천박한 절정에 이를 때 필연적으로 유치해지는 경향, 그것은 야나체크에게는 참을 수 없는 미학적 악이었다.

영원한 젊음은 없다. 현실에 대한 미화된 시각 일체를 거부하는 위대한 몸짓이 있을 뿐이다. 절정이 아니라 일상적 상황에서 아름다움을 포착하고 살아낼 수 있을 뿐이다. 지쳐서 잠든 남자의 늙은 몸 위로 눈부시게 아름다운 음악이 흐를 뿐이다. 지치도록 일하다가 잠든 우리들의 어제보다 늙은 얼굴 위로 천상의 음악이 흐를 뿐이다.

넌 왜 그렇게 만사가 까다로워? 뭐가 그렇게 못마땅해? 왜 이렇게 삐딱해?라는 말을 들어 본 사람, (형편이 넉넉해서가 아니라) 없는 형편에 쥐어짜내서 자기 삶을 걸고 실험해볼 용기가 있는 사람, 스스로 선택하고 선택한 것을 말로만 지저귀지 않고 진짜로 살아내려는 사람, 이 세상에 소중히 여길 만한 무언가를 찾아내고 키우고 돌보려는 사람, 마침내 마음이 가는 방향을 찾아냈을 때 뛰어갈 수 있는 사람, 뛰어간 다음에 너무 쉽게 포기하지 않으려는 사람, 그러나 희망의 잔은 쓰다는 것을 알기 때문에 거창한 의미 부여를 경계하는 사람, 지상의 생명을 무의미로 추락시키는 세상의 원칙을 하나라도 바꿔보려는 사람, 이런 사람들은 주인공의 모습 속에서 자신을 볼 것이다. 그러나 욕망이 가치를 잠식해버린 이 세상에서 그들 각자는 '비수기의 전문가들'이다. 쿤데라의 말을 빌리자면, 당신은 혼자야. '반 고흐의 그림처럼 혼자고, 아무도 보지 않는 달처럼 혼자고' 따뜻한 금빛……

하지만 열렬한 반대자의 입에서 나온 긍정의 말은 눈을 녹이는 봄빛처럼 부드럽다. 어둠을 뚫고 날아온 별빛 같은 언어이고 그 자체로 시다. 그가 시의 재료로 삼은 것은 우리가 가지고 있는 재료와 같다. 분노, 역겨움, 슬픔, 답답함, 짜증, 실망, 저항하고 싶은 마음, 그래도 어딘가에는 마음을 주고 나누고 보태고 싶은 마음, 삶에 대한 갈구……

그 말은 바로 이것이다.

"기다려봐, 내가 갈게."

주인공의 질문을 나에게도 던져본다.

나는 무엇을 긍정하는가?

이야기가 생각난다.

고 백남기 농민에게는 삼십년 된 친구가 있었다. 두 사람은 해 질 녘에 막걸리를 한잔 걸치면서 이런 말을 나누곤 했었다.

"우리는 그냥 나이 들지 말고 젊은 사람들의 울타리가 되자."

물대포가 그를 강타했던, 잊을 수 없는 11월 14일 서울에 올라올 때도 두 사람은 이런 대화를 나눴다.

"형님, 우리 울타리가 되러 올라가야죠?"

"그려, 엊그제 밀도 뿌렸고 콩도 수확했으니 홀가분허니 다녀오세."

두 사람은 서로를 숨결 같은 사이라고 느꼈었다. 도대체 어떤 사이가 숨결 같은 사이란 말인가? 고 백남기 농민은 친구에게 이런 말을 하곤 했다.

"네가 힘들면 나에게 손을 내밀어. 내가 그 손을 잡을게."

그렇다. 나는 믿을 만한 손을, 사랑하고 사랑받고 사랑을 줄 줄 아는 손을, 결코 놓지 않는 꽉 잡은 손들을 긍정한다. 우리 인생은 짧으므로 감탄할 만한 것을 손에 꼭 쥐고 있어야 한다. 나도 지금, '비수기의 전문가들'에게 이렇게 말하고 싶다.

　"걱정 마, 내가 있잖아."

내가 그토록 사랑하는 세상을
잃어버렸으니

내가 신입사원일 때, 포장마차 안에서 벌어진 일을 한 가지 이야기하고 싶다. 그 무렵 나와 동기들은 녹초가 되도록 일도 했지만 녹초가 되도록 술도 마셨다. 입사 동기 중 한명과 같은 동네에 살았기 때문에 우리는 마지막 버스를 잡아타고 항상 같이 퇴근했다. 버스에서 내리면 동기는 늘 내게 말했다.

"저기 포장마차에서 어묵 먹고 가자."

당시 동기와 내가 살던 사당동의 심야는 무질서한 가운데 변두리의 묘한 활력이 있었다. 한밤중 그 거리에 발 딛고 있는 우리의 위는 국물과 휴식과 분발을 필요로 했다.

포장마차는 평범했는데 오로지 한가지만은 눈길을 끌었다. 포장마차 주인이었다. 사실 지금 그녀의 얼굴은 기억이 나질 않는다. 그럴 수밖에. 그녀는 늘 고개를 숙이고 있었으니까. 중년을 넘긴 오동통한 몸매의 여인이었다. 어묵 국물을 듬뿍 떠주고 나면 그녀는 흐릿한 불빛 아래서 무릎에 책을 올려놓고 읽었다. 주위가 아무리 소란스러워도 그녀는 자신만의 공간을 만들고 노란 불빛과 비밀스러운 존엄성 속에 차분히 거하고 있었다.

포장마차의 기둥에는 손바닥보다 작은 거울이 걸려 있었다. 그녀는 책을 읽다가 손님이 들어오면 고개를 들어 거울을 한번 살짝 바라보았다. 그것은 마치 책을 읽기 전과 읽은 후 자신이 어떻게 변했는지 궁금해하는 것처럼 보이기도 했고 정든 세계를 작별하기 전에 흐트러진 데는 없는지 매무새를 점검하는 사람처럼도 보였다. 그렇게 하고 난 뒤에야 그녀는 어묵 국물을 허위허위 저으면서 "뭘 드실래요?" 하고 물었다.

그 모습을 거의 한달 지켜보았을까, 버스 맨 뒷자리에 방자하게 앉아 있던 동기가 난데없이 내게 말했다.

"혜윤, 보르헤스 읽어본 적 있어?"

"아니."

"읽어볼래?"

"응. 좋아하는 작가야?"

"그렇기도 하지만 그 포장마차 안주인 말이야, 보르헤스를 떠올리게 해."

"어떤 의미로?"

"책과 거울 말이야. 포장마차와 책과 거울, 어쩐지 불일치가 있어. 이런 불일치라면 너는 언제나 열광하잖아. 어쨌든 책과 거울은 보르헤스가 엮은 '바벨의 도서관'을 연상시켜. 그 도서관에는 세상의 모든 책이 있어. 사람들은 세상의 모든 책이 있는 도서관이라면 자신을 위한 단한권의 책도 있을 것이라고 생각해. 모두 자신을 위한 단한권의 책을 찾아서 도서관으로 달려가. 그 도서관은 수많은 책도 있지만 수많은 거울로 이루어져 있어."

"왜 사람들은 자신을 위한 단 한권의 책을 찾아내기를 원했을까?"

"단 한권의 책을 찾던 사람들이 알고 싶어하던 것은 모두 같았어. 그것은 자신의 과거와 미래에 관한 것이야. 단 한권의 책이 존재할 수 있는지에 대해선 네가 읽어보고 말해줘."

그 이야기를 듣자마자 읽지도 않은 책이 내 인생의 가장 중요한 책처럼 여겨졌다. '과거는 안녕! 오늘부터 시작이야'란 생각을 마음속으로 해보지 않은 사람이 있을까? 미래가 어떤 모습일까 두려워해보지 않은 사람이 있을까? 과거와 미래란 말은 그토록 중요한 것이 되었다.

봄이 되자 우리는 정식 직원으로 발령이 났고 더이상 어묵 국물로 몸을 달랠 필요도 없어졌다. 나는 나무 그림자로 가득한 초록색 호수 옆에 앉아서 '바벨의 도서관'을 읽었다.

책과 거울을 보는 포장마차 안주인과 '바벨의 도서관'은 내게 영원한 흔적을 남겼다. 나는 책을 거울 삼을 수 있다는 것을 알게 되었다. 더 정확히 말하면 책을 거울 삼아 자신의 정체성을 만들어볼 수 있다는 것을 알게 되었다. 타인이 쓴 글에서 과거를 이해하고 미래를 발견하고 그 미래로 날아가 볼 수 있다는 것, 문학은 결국 한 사람의 운명을 말하는 언어라는 것도 그 무렵 알게 되었다.

그러다가 나 자신이 거울로 삼은 결정적인 문장을 만났다. 『말하는 보르헤스』에 실린 「칠일밤」에서 였다. '칠일밤'이란 제목을 듣자마자 설렜다. 마치, 당신은 이제 곧 천지창조에 관한 이야기를 듣게 될 것이오!라는 말을 듣는 기분이었다. 첫째 날은 단테의 『신곡』으로 시작한다. 예감이 좋았다. 책을 읽는 독자들에게는 선물 같은 구조다. 독자가 된다는 것은 무에서 유를 창조하지 않아도 된다는 의미이기 때문이다. 독자들은 맨땅에 헤딩하지 않아도 된다. 독자들은 무에서 유를 창조하지 않고 책으로부터 출발해서 무엇인가를 창조한다.

시작의 책이 『신곡』인 것은 더 좋았다. 『신곡』의 출발은 지옥이다. 온갖 죄로 물든 마음에서 여정은 시작된다. 나는 내 죄를 속속들이 알기 때문에 반드시 지옥에 갈 것이라 생각한다. 그러므로 특별히 내게는 출발점이 지옥인 것은 멀리서 구원의 빛이 다가오는 것만 같았다.

둘째 날은 악몽, 셋째 날은 천하루 밤의 이야기…… 과연 일곱째 밤은 무엇을 쓸 것인가? 천지창조에서 인간이 등장하고 신은 휴식을 취하는 바로 그 자리에 보르헤스는 무엇을 쓸 것인가? 한때 '인간의 창조', 이것만큼 나의 관심을 끄는 것도 없었다. 비록 나 자신의 사랑은 실패했지만 이 지상에 실패하지 않는 행복한 사랑이 있다는 것을 믿는 사람처럼 나는 속으로는 고통을 안고 '인간들의 사랑'을 믿고 부드럽게 사랑했다. 많은 실망과 어두운 예감도 있지만 나 자신과 동료가 서로가 낳은 깜짝 놀랄 창조물이었으면 좋겠고 각각 최초의 인간, 무언가의 아담, 무언가의 이브가 되었으면 좋겠다는 생각을 결코 버리지도 못했다.

일곱째 밤, 마침내 인간을 만든 신이 휴식을 취하는 그날 등장한 이야기는 전혀 예상하지 못한 것이었다. '실명'이었다. 한 세계의 상실에 관한 이야기였다. 두려운 일이었다. '인간은 그렇게 창조되는구나. 상실과 용기를 요하는 일을 겪고 난 뒤에야. 일곱째 날이 되어도 쉬기는커녕 정신을 추슬러야 하는구나.' 슬프지만 받아들일 수 없는 것도 아니었다.

나도 일생에 한번은 받아들이기 어려운 것을 받아들여봤다. 그 덕에 아직 인간이다.

보르헤스의 글이 무척 아름답기 때문에 그대로 옮겨 보겠다.

나는 시력을 잃었고, 독자로서의 시력과 작가로서의 시력도 잃었다는 것을 알게 되었습니다. 그때가 언제인지 구태여 숨길 필요는 없을 것 같습니다. 그 기억할 만한 해는 바로 1955년이었습니다. 그해의 역사적인 폭우를 말하는 것이 아닙니다. 그저 개인적인 상황을 말하고 있는 것입니다. (…)

나는 1955년에 도서관장으로 임명되었습니다. 나는 그 일을 맡으면서 장서가 몇권이나 되는지 물었습니다. 100만권이라고 하더군요. 나중에 확인해보고 90만권임을 알았지만, 충분하고도 넘치는 숫자였습니다.

조금씩 나는 도서관장과 실명이라는 이상한 아이러니를 깨닫게 되었습니다. (…) 어떤 면에서 나는 여러 언어로 된 90만권의 중심이었습니다. (…) 그러고는 「축복의 시」를 썼습니다. 그 시는 다음과 같이 시작합니다. "그 누구도 눈물을 흘리거나 비난으로 깎아내리지 말길/책과 밤을 동시에 주신/하느님의 훌륭한 아이러니/그 오묘함에 대한 나의 심경을……"

(…) 우리는 잃어버린 것에 대해 아주 소중한 이미지, 가끔은 파렴치한 이미지를 간직하고 있습니다. 그러나 다시 시작할 수 있는 것, 또는 잃어버린 것을 대체할 수 있는 것은 모릅니다.

나는 결심했습니다. 그리고 마음속으로 말했습니다. '이제 내가 그토록 사랑했던 눈으로 볼 수 있는 세상을 잃어버렸으니, 다른 것을 만들어야 해. 나는 미래를 만들어야 해. 내가 정말로 잃어버린 가시적인 세상을 이어받을 미래를 말이야.'

이것은 그가 실명 앞에서 용기를 보인 이야기다. 내가 세상에 태어나기 전부터 수세기에 걸쳐서 수많은 용기와 눈물 젖은 결심의 관대한 밤이 있었다. 나는 이 언어 속에 담긴 인간의 무거운 삶을 즐겁게 사랑한다. 나는 이 이야기를 연민에 빠지려고 하는 순간마다 떠올린다. 나도 이제 안다. 정체성의 형성에서 가장 중요한 것은 좌절된 사랑의 역사, 좌절된 꿈의 역사라는 것을. 한 사람의 운명은 좌절을 억압이나 한탄, 원한이 아니라 더 나은 일로 바꾸는 것으로 결정되리라는 것을. 살기 위해서는 살게 만드는 진실한 열정이 필요하다. 그러므로 나는 이 문장에 얼굴과 삶을 즐겁게 비춰본다.

'이제 내가 그토록 사랑했던 눈으로 볼 수 있는 세상을 잃어버렸으니, 다른 것을 만들어야 해. 나는 미래를 만들어야 해.'

실명한 누군가가 밤에 축복의 시를 썼다는 사실과 그토록 사랑했으나 잃어버린 것을 미래에 대한 애절한 약속으로 바꿔놓았다는 것, 과거보다 미래를 더 사랑하고 싶어했다는 것을 나는 결코 잊지 못할 것이다. 내가 사랑하던 많은 것들도 사라졌으므로 이 말은 내게는 거울이요 빛이요 진리이다. 나는 이 말과 함께 기뻐하고 이 말과 함께 기꺼이 시험대에 오를 것이다. (싸뮈엘 베께뜨는 몇몇 진리와 함께하고 그 진리와 함께 시험대에 오를 줄 안다면 행복이 가능함을 배제할 수 없다고 했다. 그렇다면 나는 지금 행복하다.)

보르헤스를 읽는 독자라면 누구나 그의 글이 기억과 인용으로 이루어져 있다는 것에 놀라게 될 것이다. 보르헤스식 지적 방대함에 혀를 내두를 것이다. 그러나 나는 그의 지식이 아니라 다른 것이 더 놀랍다. 우리도 살면서 삶을 구성해야만 하는 순간에 반드시 이른다. 삶에서 출발해 기억으로, 경험으로, 분노와 후회로, 그리움으로, 향수로, 허상 같은 성공과 꿈같은 실패로 우리는 우리의 삶을 이야기한다. 보르헤스는 삶에서 시작해서 기억으로 인용으로 지성으로 삶을 구축하는 극도로 아름다운 삶의 한 '형식'을 보여줬다. 물론, 그의 기억과 인용, 지성은 지치지 않고 연마한 인간만이 보여줄 수 있는 능력이다. 나는 그것이 어떻게 가능했는지를 이해함과 동시에 단 한권의 책에 대해서도 어렴풋이 알게 된 문장을 『아르헨티나 사람들의 언어』에서 발견했다.

　　나는 이미 가난을 정복했고, 수천가지 어휘 중에서 내 영혼에 적합한 아홉에서 열개의 어휘들에 대해 이미 상세히 조사했다. 그리고 어쩌면 한쪽 분량의 글을 쓰기 위해 이미 한권 이상의 책을 썼다. 나의 정당성을 밝혀주고 내 운명을 요약할 수도 있을 그 페이지는 마지막 심판의 종이 울릴 때 아마도 그곳에 참석한 천사들만이 들을 것이다.

간략하게 말하겠다. 하루의 끝임이 분명한 해 질 무렵 거리에 있는 환한 소녀들과 함께 일몰의 어둡고 신선한 바람을 느끼며 나는 과감히 친구에게 그 페이지를 읽어줄 것이다.

보르헤스에게 중요했던 단어들을 독자가 알아보기는 어렵지는 않다. 나로서는 보르헤스가 이미 우리 각자를 천사이자 소중한 친구로 받아들였다고 느낀다. 이미 우리 각자에게 저물어가는 위대한 빛 아래서 글을 읽어주었다고 느낀다. 그 책에는 이런 단어들이 기록되어 있다. 거울, 미로, 영원, 시간, 시, 불멸……

나는 단 하루, 딱 한 단어를 정복해본 일이 있다. '일몰'이다. 성화 속 천사의 오동통한 뺨 같은 분홍색 하늘에 눈물과 마음을 던져본 하루가 있다. 그날 내 마음은 보기

드물게 깨끗하고 진실했기 때문에 그 하늘 아래 내가 일평생 본 모든 일몰이 모여들었고 순간의 일이지만 눈물을 던져주고 영혼을 쏟아지게 돌려받았다. 겁과 슬픔으로 하얗게 질린 영혼이 아주 예쁜 분홍빛으로 물들었다. 그날 이후 하늘을 거리낌 없이 사랑할 수 있었다. 하늘과 몇권의 책은 우리의 짧은 인생과 달리 영원하다. 영원한 것을 사랑한다는 것은 영원한 것의 관점에서 삶을 바라볼 가능성을 열어준다. 보르헤스 이것을 이렇게 표현했다. '영원의 관점에서 보지 않는다면 어딘가 진실성이 결여되어 있다.'

계속 염두에 두는 단어도 대여섯가지 있다. 앞에서 소개한 '덕분에'라는 단어도 더 묵직해졌다. '고마움'이란 단어도 더 두툼해지는 중이다. '아름다움'도 그렇다. 내 눈에는 전보다 나은 것은 모조리 다 아름다워 보인다. 염두에 두는 단어 중에는 보르헤스가 평생 사랑한 '시'라는 단어도 있다. 나에게 시가 의미하는 바는 보르헤스도 몹시 사랑해서 앞서 소개한 휘트먼의 시집 『풀잎』에서 짧게 인용해보고 싶다.

거드름 피우는 사람, 창녀, 화난 사람, 거지가 그의 태도에서 자신을 본다…… 그는 이상하게도 그들을 바꾼다.

그들은 더이상 악하지 않다…… 그들 스스로는 알지 못하나, 그들은 그렇게 성장한다.

당신은 선율이 아름다운 시를 쓰는 시인이 되면 좋을 것이라 여긴다,

그래 선율이 아름다운 시를 쓰는 시인이 되는 것은 좋은 일일 것이다.

그러나 무슨 시가 있단 말인가, 당신이 지녀야 하는 흐르는 듯한 성격 너머…… 아름다운 태도와 행동 너머에?

— 「응답자의 노래」 중에서

사랑하는 사람이 내게 다가오는 것을 보는 것은 시보다 더 많은 의미를 지닌다. 어둠을 뚫고 별빛같이 다가와 나를 바꿔놓는 사람들은 시보다 더 많은 신비로움을 느끼게 한다. 너무 멀지 않은 미래에 시 같은 사람들과 시 같은

태도와 행동에서, 그들의 목소리에서 내 운명과 나의 시, 나의 목소리를 찾아내보고 싶다. 보르헤스의 말처럼 운명을 어렴풋하게 짐작할 수 있도록 도와주는 모든 것이 시적이다. 그리고 시는 무한하다. 재료가 무한하기 때문이다. 거절, 모욕, 슬픔, 서러움, 가슴 아픔……

솔직히 말하면 어쩐지 운명에 거의 근접했다고 느껴진다. 내가 그렇게 느끼는 근거는 앞에서 인용한 보르헤스의 글 「불멸」에 있다.

언젠가 라디오 피디로서 실험정신을 발휘해 기획했으나 만들지 못한 프로그램이 있다. 특정한 단어를 말하지 않고 자신에 관해 이야기하는 프로그램이었다. 절대로 빠질 수 없는 단어들이 있었다. '나' '시간' '우연' '사랑' '우정'…… 꼭 말해야만 하는 단어라면 우리는 그 단어를 쓰는 법을 다시 배워야 할 것이다. 그 단어들을 더 확장하고 개척해야 할 것이다. 단어들을 살아내야 할 것이다. 보르헤스의 말을 빌리자면, 우리는 책을 읽는 꿈을 꾸지만 사실은 책에 있는 각 단어를 만들어내고 있다.

이제는 길을
잃고 싶지 않다

눈을 감으니 풍경 하나가 떠오른다. 내 친구가 사는 섬동네에 어느날 떠돌이 엄마 개가 여섯마리 새끼 강아지와 나타났다. 개는 새끼를 낳은 지 얼마 되지 않아 축 늘어진 젖가슴을 하고 먹을 것을 구하러 다녔다. 그렇게 뭔가 구한 날은 새끼부터 먼저 먹였다. 그러던 어느날 그새 아장아장 걸을 수 있게 된 새끼 한마리가 짧은 다리로 도로를 건너려고 했다. '저 파랗게 출렁이는 건 뭐지? 신기한걸.' 강아지는 바다를 알아본 참이었던 것 같다. 엄마 개는 강아지를 준엄하게 야단치는 표정을 짓고서 목덜미를 입으로 물어 들었다. 그때 차량의 행렬은 새끼를 입에 문 엄마 개가 안전하게 길을 건너가기를 기다렸다. 나는 바로 그 모습을 지켜보던 친구에게서 이 이야기를 전화로 듣고 있었다. 나와 통화를 하던 친구는 나는 팽개치고 강아지를 무사히 내려놓은 엄마 개에게 폭풍 같은 칭찬을 쏟아부었다. "야, 너, 왜 이렇게 착하니? 넌 정말 착한 개야! 쪽쪽쪽쪽쪽!"

수화기 너머로 그 소리를 듣는 내 마음 속에 안도감과 사랑이 솟구쳤다. 동물부터 인간, 바다까지 온 세상이 사랑할 것으로 가득 찬 것처럼 느껴졌다. 그 순간만큼은 서로가 서로를 결코 잘못된 길로 인도하지 않는 것처럼 보였다.

그런데, 이렇게 생긴 사랑으로 무엇을 할까? 이 사랑은 무엇을 위해 쓰일까? 리베카 솔닛의 『걷기의 인문학』에는 이런저런 이유로 걸었던, 몸으로 더 넓은 세상과 만났던 수많은 사람이 등장한다. 그중 내 마음을 가장 끌었던 사람은 시인 워즈워스였다. 그의 시집 『서곡』 서문에 나오는 한 구절 때문이었다.

내가 택할 길잡이가
그저 하늘을 떠도는 구름뿐이라고 한들

나는 길을 잃을 수가 없소.

그동안 '인생 중반에 이르러 길을 잃고서 나는 어두운 숲을 헤매었네'로 시작하는 단테의 『신곡』부터 길을 잃는 글이라면 충분히 읽어왔고, 매일 새로워지는 것은 나 자신이 아니라 장애물과 해결해야 할 문제인 것처럼 맥 빠지고 길을 잃은 듯한 느낌 역시 실컷 맛봐왔다. 그러나 이제는 길을 잃지 않는 이야기, 갈 길을 잘 아는 이야기, 아주 먼 훗날에도 쓸모 있게 이어져 멀리 가는 길을 만드는 이야기를 듣고 싶고, 하고 싶다. 내가 지금 걷고 있는 길이 나의 길이라는 것, 그리고 내가 옳게 그 길을 걷고 있다는 느낌을 갖고 싶다.

워즈워스는 평생 아름다운 풍경 속을 걸으면서 시를 썼고 시골길을 사랑하여 '시골신'으로 불렸지만 전반적인 자연의 아름다움, 특별히 아름다운 장소나 감상, 취향에 대해서 글을 쓴 것이 아니었다. 그보다는 향내 나는 꽃으로 가득한 들판, 뛰노는 어린 양, 감당할 수 있는 몫보다 더 무거운 짐을 진 사람들 머리 위를 비추는 눈부신 달, 함께 밤길을 걸었던 친구와의 우정을 떠올리면서 고양되고 확장된 자신의 생각과 사랑으로 가득해진 마음을, 한순간 벌어진 좋았던 일에 불과한 것이 아니라 일생에 걸쳐 최상급의 힘이자 능력으로 삼는 시를 썼다. 길을 잃지 않는 데 중요한 것은 연결이었다. 사랑을 일상과 영혼 둘 다에 연결하는 것. 가장 좋아해서 아름답다고 느낀 일을 앞으로의 나와 연결하는 것. 워즈워스의 『서곡』을 펼쳐보니 이런 구절이 나온다.

　　푸른 정자에서 쉬시게, 그리고 홀로 있지 말고
　　세상에서 가장 좋아하는 사람과 함께하시게.

　　오늘, 그렇게 하고 싶은 날이다.
　　나를 자기 삶에 들어가도록 허락해준 사람들과 길을 걷고 싶다. 나의 전화를 누군가 받아준다면 좋겠다. 그러나 푸른 정자에서 세상에서 가장 좋아하는 책을 읽어도 좋다. 내가 세상을 개탄하는 만큼의 반이라도 나를 바꿔내지 못했으므로 계속 읽어나가고 싶다. 책을 읽으면서 내가 알아낸 것만큼이라도 살았으면 좋겠다는 생각은 포기할 수가 없다.

뭔가 좀 부끄럽거나 걱정스러울 때 꼭 떠올리는 시가 있다. 휠덜린이 쓴 시의 한 부분이다.

나는 그날을 기다리리
부끄러움과 걱정이 기쁨을 주는 행동으로 변하는 날을.

오오에 켄자부로오가 '지옥은 내가 간다'를 되뇐 것처럼 나도 부끄러울 때는 이 문장을 기억하려고 한다. 이 시에 담긴 마음이 어떤 것인지 결코 모르지 않는다. 주제 싸라마구가 『리스본 쟁탈전』에서 말한 것처럼 우리가 듣기는 했지만 의미를 파악하지 못한 몇몇 구절들을 제대로 이해했더라면 우리 인생이 얼마나 달라졌을지 알 수 없는 일이고 우선 또렷하게 들리는 말부터 이해하지 못하는 척하지 않는 것이 훨씬 나은 일일 것이다

어떤 의미에서 나는 책을 읽으며 살았다기보다는 책

을 통해 살았던 듯도 하다.

파울 첼란은 '주문되지 않은 것이 우리를 드러낸다'고 했는데 책 읽기야말로 그런 시간이었다. 아무도 내게 책을 읽으라고 하지 않았다. 전적으로 나의 선택으로 읽었다. 자율적인 책 읽기는 자율적인 인간을 탄생시킨다고 했는데 그런 일이 내게 벌어진다면 정말 좋을 것이다. 책은 우리의 정신이 성숙해지는 것을 기다려준다.

고흐는 테오에게 '이미 창조된 것과 앞으로 창조할 것을 섞어서 앞으로 삶을 꾸려나가고 싶다'고 말했는데 책을 읽는 사람은 그 일을 하고 있는 것이다.

누군가 괴테의 삶에 대해서 말하기를 '그 사람은 크고 좋은 것을 알아보고 정열적으로 진지하게 받아들였다'고 했는데 나도 괴테가 되어서 인생의 이런저런 파도를 넘어가면서 길을 만들어나가고 싶다.

책은 읽는 데 시간이 꽤 걸리기 때문에 시간을 아끼는 습관을 갖게 해주었고 쓸데없이 떠들썩한 자리를 피하게 해주었다.

책과 맺은 사랑과 우정도 인간에 대한 사랑과 우정과

다르지 않았다. 자칫 단조로울 수 있는 내 인생에 변화를 가져왔고 내 인생이 화석화되는 것, 내가 하나의 딱딱한 껍데기와 꽉 막힌 주장으로 고집부리는 것을 막아주었다.

　세상에서 가장 좋아하는 사람, 가장 좋아하는 책은 여러모로 공통점이 있다. 늘 하는 이야기만을 하고 또 하는 것과 오직 내 눈으로만 세상을 보는 것을 피하게 해주었다. 더 가치 있는 고민이란 것이 있다는 것을 알게 해주었다. 가장 좋은 벗과 책들은 나를 어떤 부분에 대해서는 초연하게, 어떤 부분에 대해서는 조금 더 대담하게 살도록 이끌어주었다. 가장 좋은 책들은 우리가 익히 아는 사실을 이야기하다가 어느 순간 짐작도 못한 페이지를 보여주기 때문에 현실에서 다른 결론을 이끌어내는 데 관심을 가지게 되었다.

　책과 사람은 내 속을 들여다보게 만들었다기보다는 내 속으로 들어왔다. 없던 나를 만들게 했다. 나를 어딘가로 끌고 가기도 했다. 책이 있던 자리에 사람이 오고 사람이 있던 자리에 책이 겹쳐지고 그곳에 내 삶이 섞여들어가기 시작했다. 나를 고치는 데는 하루 24시간으로는 어림없기 때문에 남몰래 바빴다. 어쨌든 뭔가가 달라져야만 한다고 생각했지만 쉽지 않았으므로 속이 상했다. 그렇지만 이런 식으로 내 앞길을 개척해보려 한 것, 책과 사람에 대한 사랑과 우정으로 내 미래를 만들어보려고 한 것은 아무리 돌아봐도 내 인생에서 가장 중요한 결정이었다. 내 가는 길에 함께하는 것은 사랑과 우정이고 그 원칙을 바꾸지 않는 한 나는 내가 어떻게 행동할지를 꽤 예상할 수 있게 되었다.

『일리아스』에서 죽어가는 전사 디오메데스가 마지막 순간 친구들을 향해 손을 뻗은 것처럼 나는 나 자신이 어느 방향으로 손을 뻗을지 안다. 인간은 하루하루 이리 휩쓸리고 저리 휩쓸리면서 사는 존재가 아니라 자신의 방향성, 경향성과 함께 모험하는 존재라고 믿게 되었다. 이 믿음이 나를 지키는 한 나는 길을 잃지 않을 수 있을 것이다. 미래가 알고 싶다면 필요한 것은 예언이 아니라 지향점이다.

앨리스 먼로는 반드시 하루에 5킬로미터를 걷는데,

만약 일이 생겨서 하루 걸러야 한다면 보충해둔다고 한다. 그렇게 하는 이유는 그 의식과 일과를 지키면 어떤 것도 자신을 해칠 수 없다고 생각해서라고 한다. 나도 바쁠 때는 미리 읽을 시간을 확보하려고 노력해왔다. 이것은 사실 행복에 관한 말이기도 하다. 행복은 자신만의 의식이나 실천을 갖는 것이므로.

그러나 우리 삶의 이야기는 책을 덮고 나서 시작된다. 책 읽기는 살기 위한 준비, 예열 과정이다. 책 읽기를 현실적인 일로 만드는 것은 삶과 작업 속에서다. 책을 읽으면서 머릿속에서나 가능했던 것들이 현실에서 시도해볼 만한 일로 생각될 때 갑자기 몸부터 변화하는 것, 이 기쁨과 놀라움을 기다리면서 책을 읽는 것이다. 그중에는 내 자신이 더 많이 변하는 것도 반드시 포함된다.

샤르트르는 메를로 뽕띠에게 언제 어디서나 가능한 기적이 우리를 역경에서 벗어나게 도울 것이라고 했다. 쉼보르스카는 여러가지 징후에 따르면 우리는 결국 색깔을 되찾게 될 것이라고 했다. 비트겐슈타인은 일단 믿고 볼 일이라고 했다.

그러나 환상은 우리를 위로하려고 품는 것이 아니라 행동하려고 품는 것이다. 우리는 아직 존재하지 않은 것을 믿음으로써 그것을 창조할 수 있게 된다. 니코스 카잔차키스가 『오디세이아』를 써서 자기만의 오디세우스를 만들어 그를 따라 살기로 마음먹은 것처럼 말이다.

마지막 이야기는 아닌

혼란 속에서 거의 불가해한 자신만의 질서를 찾는 것에 관심이 많았던 작가 이딸로 깔비노의 『우주만화』에서 태초에 조개 한마리가 사랑에 빠졌다.

누구랑? ─ 아직은 만나본 적 없는 그녀랑.

뭐라고? 만나본 적 없이도 사랑에 빠질 수 있을까? ─ 가능했다.

둘은 서로 주고받은 신호 때문에 사랑에 빠졌다. 사랑에 빠진다는 것은 한 존재를 다른 모든 존재와 구별할 수 있게 되는 것이므로 각각의 존재가 보내는 신호는 너무나 중요했다. 문제는 조개 자신은 그녀를 사랑하는 것이 너무나 확실한데 그녀 또한 자신을 사랑하는지 도무지 확인할 방법이 없다는 것이었다. 조개는 자신의 존재를 뚜렷하게 표시해줄 무엇인가를 만들고 싶어졌다. 조개에게는 이 '만들고 싶어졌다' 자체가 일대 사건이었다. 왜냐하면 전에는 한번도 무엇인가를 '만들고 싶다'는 생각을 해본 적이 없었으므로.

그때부터 태초의 조개는 석회질 물질을 분비해 껍데기를 만들기 시작했다. 그녀에 대한 모든 사랑, 그 사랑 안에 존재하려는 자기 자신에 대한 사랑, 있는 그대로의 자신이면서 무한히 변하려는 마음…… 나선형으로 휘감긴 껍데기 안에서만 말할 수 있는 모든 것을 그 안에 집어넣었다. 만들려는 노력에서 나중에 큰 차이로 발전할 무수히 많은 생각과 무수히 많은 유형의 행동들이 따라나왔다. 그렇게 해서 우주에 나선형 조개껍데기가 탄생하게 된 것이었다.

나는 이 이야기를 무척 좋아한다. 뭔가가 탄생하는 경이로운 순간의 이야기이기 때문이다. 존재, 그것에 대해서는 모르겠다. 만든다. 그러나 그것에 대해서는 말할 수 있다. 우리는 저녁 약속을 만들고 표정을 만들고 분위기를 만들고 내일이면 아무 쓸모 없어질 것을 만들기도 한다.

자유와 힘은 완벽치 않아도 상황은 호의적이 아니어도 계속 무엇인가를 만들어내고 있다. 특히, 위 문장 중에서는 '모든 것을 그 안에 집어넣었다'라는 말이 좋다. 바다를 사랑했던 아들에 대한 모든 사랑과 그리움을 바다 안에 집어넣는다고 말하는 아버지를 만난 적이 있다. 나는 이 글을 읽을 독자를 향한 감사와 깊은 존중하는 마음을, 오로지 이 글 안에서만 말할 수 있는 모든 것을 집어넣은 한 권의 책을 만들어보려고 했다. (덕분에 편집자가 많이 지쳐 보인다.) 그리고 무엇보다도 우리의 이야기가 끝이 아니길 바라기 때문에 탄생에 대한 이야기를 했다.

다 끝났다는 말이 야기하는 나쁜 결론은 얼마든지 있으므로 어떤 실패도 실수도 고통도 그것이 당신의 마지막 결론이 아닐 수 있기를 간절히 바란다. 그것들을 재료로 다른 이야기를 만들어보기를 간절히 바란다. 모든 나쁜 일을 좋은 일로 만들어보기를 바란다.

우리가 변하는 것은 전혀 놀라운 일이 아니다. 놀라운 것은 어떻게 변하지 않고 한결같이 나쁠 수 있냐는 것이다. 여행자들이 떠날 때와 달리 돌아올 때 뭔가 달라진 점이 있다고 말할 수 있는 것은 이런저런 이유로 여행을 포기하지 않아서이다. 돈 끼호떼가 말한 것처럼 우리는 사는 데 이골이 난 사람들이지만 자기만의 시와 운명를 발견할 수 있다.

괴테가 말했듯 인생은 시처럼 끝이 있다. 그러나 그것이 다가 아니다. 우리는 어떤 일을 겪더라도 결코 우리에게도 하나의 인생이 있었으면 하고 바라는 일을, 다시 한번 기회가 있기를 바라는 일을 멈추지 못할 것이다.

'뜻밖의 좋은 일'을 가져다준 책의 목록

가즈오 이시구로 『나를 보내지 마』, 김남주 옮김, 민음사 2009.

가즈오 이시구로 『위로받지 못한 사람들』, 김석희 옮김, 민음사 2011.

가즈오 이시구로 『창백한 언덕 풍경』, 김남주 옮김, 민음사 2012.

귀스타브 플로베르 『감정 교육』, 지영화 옮김, 민음사 2014.

귀스타브 플로베르 『마담 보바리』, 김화영 옮김, 민음사 2000.

귄터 그라스 『양철북』, 장희창 옮김, 민음사 1999.

김한민 『비수기의 전문가들』, 워크룸프레스 2016.

니코스 카잔차키스 『오디세이아』, 안정효 옮김, 열린책들 2008.

단테 알리기에리 『신곡』, 박상진 옮김, 민음사 2013.

데이비스 실즈 『문학은 어떻게 내 삶을 구했는가』, 김명남 옮김, 책
　　세상 2014.

레프 니꼴라예비치 똘스또이 『부활』, 박형규 옮김, 민음사 2003.

레프 니꼴라예비치 똘스또이 『안나 카레니나』, 연진희 옮김, 민음사
　　2012.

레프 니꼴라예비치 똘스또이 『이반 일리치의 죽음』 이강은 옮김. 창
비 2012.

로렌 아이슬리 『광대한 여행』 김현구 옮김. 강 2005.

루쉰 『외침』 공상철 옮김. 그린비 2011.

루이스 캐럴 『이상한 나라의 앨리스』 한낙원 한애경 옮김. 창비
2015.

리베카 솔닛 『걷기의 인문학』 김정아 옮김. 반비 2017.

마르그리트 유르스나르 『하드리아누스 황제의 회상록』 곽광수 옮김.
민음사 2008.

마르쿠스 아우렐리우스 『명상록』 천병희 옮김. 숲 2005.

마크 트웨인 『허클베리 핀의 모험』 김욱동 옮김. 민음사 1998.

밀란 쿤데라 『만남』 한용택 옮김. 민음사 2012.

밀란 쿤데라 『불멸』 김병욱 옮김. 민음사 2010.

슈테판 츠바이크 『위로하는 정신』 안인희 옮김. 유유 2012.

스베틀라나 알렉시예비치 『아연 소년들』 박은정 옮김. 문학동네
2017.

스탕달 『적과 흑』 이동렬 옮김. 민음사 2004.

안톤 체호프 『산다는 것은』 남혜현 옮김. 작가정신 2003.

알베르 카뮈 『결혼·여름』 김화영 옮김. 책세상 1989.

알베르 카뮈·르네 샤르 『알베르 카뮈와 르네 샤르의 편지』 백선희
옮김. 마음의숲 2017.

앙드레 브르통 『나자』, 오생근 옮김, 민음사 2008.

에이드리언 리치 『문턱 너머 저편』, 한지희 옮김, 문학과지성사 2011.

엘레나 페란테 『나의 눈부신 친구』, 김지우 옮김, 한길사 2016.

엘레나 페란테 『새로운 이름의 이야기』, 김지우 옮김, 한길사 2016.

엘레나 페란테 『떠나간 자와 머무른 자』, 김지우 옮김, 한길사 2017.

엘레나 페란테 『잃어버린 아이 이야기』, 김지우 옮김, 한길사 2017.

오에 겐자부로 『개인적인 체험』, 서은혜 옮김, 을유문화사 2009.

요한 볼프강 폰 괴테 『파우스트』, 정서웅 옮김, 민음사 1999.

월트 휘트먼 『풀잎』, 허현숙 옮김, 열린책들 2011.

윌리엄 셰익스피어 『리어 왕·맥베스』, 이미영 옮김, 을유문화사
     2008.

윌리엄 셰익스피어 『오셀로』, 최종철 옮김, 민음사 2001.

윌리엄 셰익스피어 『템페스트』, 이경식 옮김, 문학동네 2009.

윌리엄 셰익스피어 『햄릿』, 설준규 옮김, 창비 2016.

윌리엄 워즈워스 『서곡』, 김숭희 옮김, 문학과지성사 2009.

이탈로 스베보 『제노의 의식』, 한리나 옮김, 문학과지성사 2017.

이탈로 칼비노 『보이지 않는 도시들』, 이현경 옮김, 민음사 2007.

이탈로 칼비노 『우주만화』, 김운찬 옮김, 열린책들 2009.

잭 런던 『밑바닥 사람들』, 정주연 옮김, 궁리 2011.

정혜윤 『인생의 일요일들』, 로고폴리스 2017.

조너선 사프란 포어 『동물을 먹는다는 것에 대하여』, 송은주 옮김,

　　　민음사 2011.

조너선 스위프트 『걸리버 여행기』 신현철 옮김, 문학수첩 1992.

존 로날드 로웰 톨킨 『반지의 제왕』 김번 김보원 이미애 옮김, 씨앗
　　　을뿌리는사람 2007.

존 버거 『벤투의 스케치북』 김현우 진태원 옮김, 열화당 2012.

존 버거 『우리가 아는 모든 언어』 김현우 옮김, 열화당 2017.

존 쿳시 『페테르부르크의 대가』 왕은철 옮김, 문학동네 2018.

주제 사라마구 『리스본 쟁탈전』 김승욱 옮김, 해냄 2007.

캐슬린 제이미 『시선들』 장호연 옮김, 에이도스 2016.

커트 보니것 『그래, 이 맛에 사는 거지』 김용욱 옮김, 문학동네 2017.

크리스타 볼프 『카산드라』 한미희 옮김, 문학동네 2016.

클라우디오 마그리스 『작은 우주들』 김운찬 옮김, 문학동네 2017.

트루먼 커포티 『차가운 벽』 박현주 옮김, 시공사 2013.

페르난두 페소아 『불안의 책』 김효정 옮김, 까치 2012.

폴 발레리 『테스트 씨』 최성웅 옮김, 읻다 2017.

프란츠 카프카 『변신·시골의사』 전영애 옮김, 민음사 1998.

프란츠 카프카 『성』 권혁준 옮김, 창비 2015.

프레데릭 파작 『나는 빈센트를 잊고 있었다』 김병욱 옮김, 미래인
　　　2017.

프리드리히 횔덜린 『횔덜린 시 전집』 장영태 옮김, 책세상 2017.

필립 로스 『포트노이의 불평』 정영목 옮김, 문학동네 2014.

헤르만 브로흐 『몽유병자들』, 김경연 옮김, 열린책들 2009.

헨리 데이비드 소로우 『월든』, 강승영 옮김, 은행나무 2011.

호르헤 루이스 보르헤스 『말하는 보르헤스』, 송병선 옮김, 민음사 2018.

호르헤 루이스 보르헤스 『아르헨티나 사람들의 언어』, 김용호 황수현 엄지영 옮김, 민음사 2018.

호메로스 『일리아스』, 천병희 옮김, 숲 2015.

호시노 미치오 『알래스카, 바람 같은 이야기』, 이규원 옮김, 청어람미디어 2005.

호시노 미치오 『영원의 시간을 여행하다』, 이규원 옮김, 청어람미디어 2017.

뜻밖의 좋은 일
책에서 배우는 삶의 기술

초판 1쇄 발행 / 2018년 5월 21일
초판 6쇄 발행 / 2021년 4월 14일

지은이 / 정혜윤
펴낸이 / 강일우
책임편집 / 김선영
조판 / 박지현
펴낸곳 / (주)창비
등록 / 1986년 8월 5일 제85호
주소 / 10881 경기도 파주시 회동길 184
전화 / 031-955-3333
팩시밀리 / 영업 031-955-3399 편집 031-955-3400
홈페이지 / www.changbi.com
전자우편 / lit@changbi.com

ⓒ 정혜윤 2018
ISBN 978-89-364-7566-6 03810